寺内贯太郎一家

〔日〕向田邦子 著 / 李佳星 译

外语教学与研究出版社
北京

〈目录〉

家庭大起底

寺内贯太郎

东京谷中区“寺内石材店”（俗称“石贯”）的老板。细算起来，“石材店”传到他手中已是第三代了。寺内贯太郎今年五十，正当盛年。身高一米八，体重两百斤，端的是身高体壮。他身穿印有“石贯”字样的短和服上衣，腰间缠着宽腰带，裤子却是“裁着袴”[1]。脖子上挂着从成田山[2]求来的护身符，昂首阔步，威风凛凛。

在贯太郎看来，这世上再没有比开石头店更好的买卖了。

“石头这东西，即使扔到外面不管，贼也偷不走。又不怕火灾地震。即使发大水也不用担心被冲跑了。”

理论无用，埋头苦干、身体力行才是正道——贯太郎所有的人生哲学似乎都是从石头上得来的。

贯太郎膝下有一儿一女。他笨嘴拙舌，又独断专行，暴躁易怒却又面慈心软。一旦生气，往往嘴巴未动巴掌先到，一掌将对方打到两米开外。即使是家里的女人，也逃不过这种暴力的洗礼，妻子里子，长女静江，帮工美代子——甚至连琴奶奶——他的亲生母亲有时都会免不了挨巴掌。不过，即便这样他跟家人也从来没结下过隔夜仇，大家对他也都恨不起来。这

1　和服的宽脚裤子。

2　成田山新胜寺是真言宗智山派大本山，人们一般称其为“成田不动”或直接称为“成田山”。

可能是沾了他漫画人物般的脸蛋的光吧（想象一下在三角饭团上装上西乡隆盛的鼻子和眼睛），但更可能是因为大家都明白他其实感情丰富，心地善良。有着过人的体重，也有着过人的体贴。不过是过于害羞，耻于表达感情罢了。甚至对七十岁的老母也不稍假辞色："老太婆受的照顾太好会活不长！"

虽然表面上冷淡又无情，背地里他又时常会表现出细心又孝顺的一面。对妻子里子也是一样，发过火之后便后悔不迭，出去买绸缎回来赔罪，一言不发地"砰"的一声扔下就走。又不会买东西，有时会买些荒唐的离谱的东西回来——这就是贯太郎。

他虽然人高马大，却有着和身材不相称的天真。一家人一起看电视，遇到爱情画面，他就会显出扭扭捏捏手足无措的样子。有次长子周平的朋友过来玩，一群人喝到酣处唱起艳曲儿来。

"说起来第一个嘿呀嘛呀呼儿嘿……"[3]

听到这熟悉的歌词，贯太郎着了慌，因为正当妙龄的帮工美代子就在跟前。一旦他们唱到少儿不宜的部分，贯太郎便扯着嗓子连呼"万岁！"盖过他们的声音。在这种事情上，他有着与外表不相称的细心周到。

贯太郎对自己的生意有着万分的热情。他画设计图的本事

---

3 原文为"一つ出たほいのよさほいのほい"，出自《ヨサホイ節》，是旧时日本传统的春歌，歌词以数数的形式来歌唱男女之事。

相当了得，在墓碑上刻字的功夫更是远近闻名。但是在日常生活中却是十足的笨手笨脚：吃饭掉一地；折个纸飞机刚离手便一个倒栽葱掉在脚边；身体又胖，连自己系鞋带都够不到；自己用掏耳勺掏过耳朵后必定会耳朵疼；削个铅笔又削断芯，于是只好“喂——喂！”地把老婆叫过来支使，帮他收拾烂摊子。

喜欢的东西：义理人情、万里无云的好天气、富士山、孩子、《勘太郎月夜歌》、红小豆糯米饭。

讨厌的东西：说谎、没礼貌、阿谀奉承、蜘蛛和老鼠、女权主义和假睫毛。

虽说贯太郎生意兴隆，家庭美满，但还是有着烦心事，那就是长子周平的大学入学考试和女儿静江的婚事。

“要找个我看得入眼的女婿才行！”几乎成了贯太郎的口头禅。可惜天不遂人愿，女儿静江领进家门的却是一个离过婚带着孩子的男人。

寺内里子

贯太郎的妻子，比他小四岁。身材瘦小，体重不到贯太郎的一半。头发绾着髻子梳在脑后，总是穿着简朴的和服，整天忙个不停。皮肤白皙又眉清目秀，虽徐娘半老但风韵犹存。温柔体贴，柔弱却又坚韧，是那时候典型的日本女性。

里子出身于官宦世家，度过了生活优裕的少女时代，通过相亲与贯太郎结合。那时的贯太郎身材瘦高，如同晾衣杆。相亲会上第一眼看到里子时，贯太郎瞬间涨红了脸，像熟透的番茄。如今虽已近银婚，但那一见钟情的感觉却仍如当初。里子也知道这一点，所以对贯太郎任劳任怨，不离不弃。虽然时常也会抱怨贯太郎的顽固霸道，但一到关键时候又会说着“我家老公最棒了！”，完全放手让贯太郎去干，完全信任贯太郎——正因如此，他们的婚姻生活才会如此美满。

需要里子费神的除了她丈夫贯太郎，还有琴奶奶——她那难对付的刁婆婆。孩子们也到处惹祸。还有那些性情古怪的雇工们。一家上下的磕磕绊绊最终都要找到里子这里。但她又不是能够排忧解纷的大法官，只好跟着一起发愁。

“这可怎么办是好，真让人为难呢……”

但此后事情却总是奇迹般地好转。虽然看起来她什么都没有做，却令人不由觉得这大概就是真正的“贤妻良母”。

“妈妈什么都不懂，真是个笨蛋。”

虽然她嘴上经常这样形容自己，但其实心里比谁都明白。遇到地震、打雷这种紧急情况的时候，与慌里慌张的贯太郎相比，反倒是里子更加冷静。也许，动辄大喊大叫拳脚相向的贯太郎不过是个孙悟空罢了，再怎么折腾也还是在里子这尊如来佛的掌心里。

喜欢发出像女学生一样娇嫩的笑声。看起来文文静静，却时常脱口说出令人瞠目结舌的话来。做饭和针线活从来不是她的强项。

“里子，你真不中用！”

被婆婆骂了，里子就会显出一副诚惶诚恐的样子。而这说不定也是她“驭夫术”之外特有的“驭婆术”。在家人面前她会给足贯太郎面子，等到夫妻俩单独相处时再算总账，把白天受的冤枉气讨回来。同时作为老板娘，里子也深受雇工爱戴。

寺内静江

长女，二十三岁。有着从母亲那儿遗传来的美丽容貌，身材修长。但是走起路来左腿会有些跛，那是小时候在父亲的工作室里玩耍时，被石头砸到留下的残疾。

性格开朗，做事麻利，在父亲事务所负责接打电话和整理票据。从来没有因为跛足的遗憾埋怨过父母。即便是这样一个惹人怜惜的姑娘，从小到大也没能受到父亲的特别对待。虽然由于自己的疏忽导致女儿留下了终生的遗憾，贯太郎不可能不心酸愧疚，但还是狠下心严格教育。静江也深爱着自己的父亲。

和小自己四岁，开朗爱笑的弟弟感情深厚。但是，大概是受跛足的影响吧，虽有一袭秀发却从来不染不烫，不加打理；

又不化妆，向来素面朝天；作为女孩却又沉默寡言；而且极有主见，一旦下定决心，就会坚持到底。

静江恋爱了。

对方姓上条，三十二岁，在石材公司工作，和妻子离婚后带着四岁的儿子生活。他想顺利得到贯太郎的同意几乎难如登天。

寺内周平

贯太郎的长子。第一次大学入学考试名落孙山，正在补习学校复读。这位小爷热切期盼着自己能够像当下流行的那样，做一个理智冷静的“酷”人，但是愿望敌不过遗传，本质上仍是一个热血男儿。周平虽然对自己感情热烈的性格引以为耻，但是如果遇到父亲对母亲动手，或者有人拿姐姐瘸腿开玩笑，他就会愤而怒起，冲上前去，不等想起自己那冷静理智的信条，拳头已然挥到对方脸上。

虽然专制又暴力的贯太郎经常遭到周平的反抗，但是他最疼爱的孩子却依然是周平。这也是周平引以为耻的事项之一。贯太郎一心想要周平继承家业，做第四代的“石贯”老板，周平对此却避之不及。整天咚咚凿石头的生活，想想就觉得无趣。

四肢发达，什么运动都玩得转。但论起头脑，学习成绩也就马马虎虎而已。

“再考不上就去给我凿石头！”

面对着怒吼的父亲，周平也曾立志这次一定要考上。但是比起字典来，还是漫画更有意思，容易看得进去。想支持姐姐的恋情，又想玩吉他，又担心自己足球练得太少，还对可爱的帮工美代子有意思——青春，是多么的让人快乐又让人烦恼！还有，据说周平跟人气歌手西城秀树[4]长得几乎一模一样呢。

寺内琴

明治三十七年生于新潟。十七岁初中毕业后来到东京。作为女工来到“石贯”。与比自己大三岁的“石贯”第二代继承人相恋，历经各种磕磕绊绊之后终于结婚，成为寺内家的儿媳妇。忍受着婆婆的各种虐待生下了长子贯太郎。后来熬到婆婆去世，十五年前丈夫也撒手人寰，如今虽已年届古稀，但身心强健，正有滋有味地享受着人生。

爱好恶作剧和说风凉话。

比如“饭嚼得太久会在嘴里变成大粪哦！”等是她的拿手好戏。

---

4 西城秀树，本名木本龙熊，1955年4月13日出生于广岛县，日本歌手。

一家人嫌弃的表情对她来说仿佛是最好的开胃药。经常故意腌臜作态地吃饭，引得坐在她身边的周平抗议："奶奶——，脏死了！"

"说什么呢，没大没小！"琴奶奶不甘失败地反唇相讥，"不久前还尿床的小鬼，说起话来倒牙尖嘴利。"

戏弄她那性急专制又笨手笨脚的儿子，虐待漂亮的儿媳妇，没大没小地跟孙子斗嘴，欺负帮工的美代子，这些都是琴奶奶日常的拿手好戏。

明明有着漂亮的长相，却故意扮出邋遢的样子。喜欢穿蓝灰色的围裙，戴半指手套，似乎时刻准备着与人掐架或者搞恶作剧。

虽然动不动就委屈地嘟囔："你们都欺负老人！"但要是被她这番可怜作态勾起了恻隐之心，可就有得受了。实际上人家胃口好，睡得香，百病不生，身体倍儿棒。为人鄙俗又贪心，狡猾爱撒谎，生性乖僻又渴望受人喜爱，爱哭爱笑，好奇心过人。

虽然已年届古稀，品位却相当时髦，是歌手泽田研二[5]的狂热粉丝。她居住的小屋里贴着泽田研二的海报。对着海报扭动身子高呼泽田的昵称"朱莉——"是她每天必做的功课，一天不这样做就会大便都不通畅。

特长是弹琵琶和说人坏话。

5　泽田研二，昵称Julie（日语：ジュリー，曾中译树里），鸟取县出生，京都市长大，为日本著名歌手、演员、作曲家及填词人。

相马美代子

十七岁，出生于新潟，和琴奶奶是同乡。幼年丧父，高中毕业前夕母亲病故。正巧村公所的樋口先生和寺内家是世交，在他的撮合下，美代子来到寺内家做帮工。长相甜美，性格直爽，实际上却秉性倔强。遇到贯太郎对老板娘拳脚相向，她往往会挺身而出，挡在里子身前，十分有气概。

血热情浓的贯太郎一家那亲切而热烈的气氛，时常牵起美代子自怜自伤的心酸。一想到在东京这广阔的天空下，自己孑然一身，无亲无故，就会忍不住想哭。

被琴奶奶欺负，被石匠阿为揩油。从报纸的叠法到脱鞋的方式，贯太郎也对她意见不断。寄人篱下的悲哀虽然令人沮丧，但是不经意间也能找到令人感动的事，从而重新打起精神。

“石狮”岩老

虽然有着仓岛岩次郎这么响亮的名字，但如果你这么叫他的话，大概是得不到回应的。这便是人称“石狮”的岩老。从上一代“石贯”开始到现在，石匠的经验超过五十年。雕刻石狮的手艺无人能及。

比琴奶奶小两岁。岩老还是学徒工的时候，琴奶奶来到

“石贯”做女工，据传两人年轻的时候，关系有些不清不楚。据说，那时候岩老暗恋着年轻貌美的琴奶奶，但却被师傅的小儿子横刀夺爱。不过，如果拿这事去向他求证，岩老就会立马拉长脸，冷冷撂下一句：“没听说过。”虽然成过家，但现在独身生活。

岩老和石匠阿为一起，住在寺内家在附近为他们租的一间公寓里，每天上下班。岩老有一个有着体面工作的儿子，但是不知道是老子太怪还是儿子不孝顺，两人难得见面。

在工作上即便是精强如贯太郎，也不得不对岩老鉴定石头的眼力和雕石狮子的手艺甘拜下风。虽然言语粗鲁，但时不时也会显出温柔体贴的一面。贯太郎从岩老身上能看到亡父的影子，岩老心里也将贯太郎看作自己的小儿子一般。

别看岩老身材矮小，其貌不扬，年轻时也是一个风流人物，举手投足极有风度。遇见麻烦事便充耳不闻，是个装聋作哑的高手。

阿为

本名是榊原为光[6]，岩老手下的石匠。虽然来到“石贯”已

---

6 日语发音为さかき ためみつ（Sakaki Tamemitsu），大家叫他“阿为”（ため公），可能是因为“为”字的发音ため（tame）有农家化粪池、粪堆的意思，也可能是与意为“不行”的“だめ”（dame）发音相近，有调侃的意思。

经八年，手艺还是半生不熟。没对象没存款。大概是觉得脸上挂不住，当有人问起年龄，从三年前开始就一直回答是二十五岁。

彻头彻尾的阳光男，世间无匹的老好人。大大咧咧冒冒失失，工作的时候常常因为雕刻出废品而被贯太郎饱以老拳。对东家的大小姐静江曾经心怀暗恋，但终究如镜花水月，可望不可即。对帮工的美代子有着如兄弟、如同志般的感情——可能还带着点恋人般的暧昧，但是单从长相来看，几乎也是痴人说梦。岩老经常像对待自己的孩子一样数落他，让他心里不爽。似乎小时候的成长经历并不是特别愉快。有时候会像变了一个人一样，长吁短叹，露出落寞的神情。

“花熊”

“石贯”对面花店的主人，与贯太郎同岁。体重只有贯太郎的一半，但是胸毛茂密，非常有男人味。头顶上却毛发稀疏，可见老天爷的公平。老婆去世了，目前也是独自一个人过活。

把贯太郎叫做“小贯”，平日里像小跟班一样黏在贯太郎身后。东北口音，好色而无胆是他的独家商标。

老顽固

贯太郎习惯早起。

数九寒冬，早上六点，伴着上野宽永寺[7]的钟声，贯太郎就起床了。邮递员将早报塞进店面玻璃门的门缝的时候，正好也是贯太郎在神龛前击掌合十[8]地拜神的时间。一年三百六十五日，天天如此。

神龛上已经点上香烛。贯太郎肥头大耳，留着平头，鬓边已生出斑斑白发，身着他那有着“石贯”字样的短上衣，正要开始拜神的二礼二拍一礼[9]，却突然大声嚷嚷起来：“喂！喂！”

“来了——”夫人里子捧着供奉神龛的供水，小步快跑上前。

“磨磨蹭蹭干什么呢！”

“实在抱歉呢。”

里子对贯太郎的怒吼声已经习以为常，并不放在心上。一边随口道着歉，一边帮贯太郎将脖子下面晃来晃去的成田山的护身符掖进腰带里，顺手轻轻拍了拍贯太郎那蔚为可观的大肚子。贯太郎板起脸怒目以对。这场景像极了小孩子上学前，妈妈拍拍书包，叮嘱：“路上慢点。”贯太郎虽然专制，弱点却被里子摸得一清二楚。

7　上野宽永寺位于东京都台东区上野，始建于1625年。

8　即“拍手”（かしわで），日本神道教拜神的礼节，亦写作“柏手”，又名“開手”（ひらで）。

9　即“二拜二拍一拜”，神道教拜神礼节，根据情况的不同，下拜和拍手的次数亦不相同。

贯太郎来到车间。半成品的墓碑和石狮子，还有未经雕琢的石料默然地矗立在这里。满意地环视一遍后，贯太郎在炉前坐下，开始用风箱生火。这也是贯太郎万年不变的习惯之一。

里子手里拿着扫帚，穿过店面和车间之间的木栅栏门，却被门口一块大石头绊了一下，差点摔倒。曾经因为挡路拜托贯太郎把它移开，但是对家务活从来不上心的贯太郎只是嘴上含糊答应了一句，一直没动静。

长女静江也起来了，她一边帮里子拈去肩头的枯叶，一边仿若不经意似的问道："父亲……生气了吗？"

里子想了想，说："就那样吧。"

静江露出了放心的表情，仿佛心中一块石头落地。随后便上二楼去叫周平起床了。

午后静江的恋人会登门拜访。考虑到贯太郎的脾气，再想想男方的条件，这一天估计很难风平浪静地过去。

"佛祖保佑，希望今天能够平安无事。"里子在心里祈祷着。

周平的担心也和母亲一样。

"见面的时候，父亲该不会发脾气吧。"

"都带到家里来了，发脾气也没办法。"

姐你真行。周平这样想着，打气似的轻轻拍了拍静江的肩膀。

家族的另外一员，寺内一家最具个性的人物——琴奶奶，正在她小屋的廊下热火朝天地擦洗扫除。

“妈妈，这种事情您不用自己做的。”

里子说着，想夺下琴奶奶手里的抹布。老人敏捷地躲开里子的手，嘴里喊着号子——“嘿哟，嘿哟”——固执地继续擦洗起来。

“过两三天就会有女孩子过来帮忙了，您不用自己动手。”

“我可没说过想找女工帮忙。”

“那女孩和妈妈一样都是新潟人，肯定会很说得来的。”

“我离蹬腿咽气还远呢，干得动，不劳你费心。”

好不容易，琴奶奶终于放下抹布——寺内家的早饭开始了。

贯太郎吃饭的样子实在值得一看。只见他紧紧抱着一个盆一样大的饭钵，大口大口地把米饭扒进嘴里，“吸溜吸溜”地喝着酱汤，气势惊人。

“吃饭慢慢吞吞的家伙不值得信任！”这是贯太郎的信条。说起吃饭的气势，琴奶奶这边也是热闹十足。一边吃一边往下掉，嘴里塞得满满的都是饭粒，脸颊都鼓了起来，突然“阿——嚏！”一个喷嚏打出来，自然喷得到处都是。每当如此，坐在旁边的周平都会一脸嫌弃地抱怨：“奶奶！你脏死了。”然后端起饭碗躲到一边。

转眼间贯太郎已经将碗里的饭一扫而空，里子伸出手，示意帮他添饭。静江抢着说道：“妈妈，我来。”然后去接父亲的碗。贯太郎避开女儿的目光，一言不发地把碗拿到一边。

“怎么，今天就吃这么一点吗？”里子奇怪地问。

“把西装给我拿出来，午饭后出去一趟。”说着就起身要走。

里子拦在贯太郎身前：“他爸……下午静江的……”边说边对贯太郎使眼色，却被贯太郎推推搡搡地不断后退。

“昨天晚上不是都答应见面了吗！”

“没那个必要！”

“他爸——”

“想见你自己见去！”

里子不甘心地想要拦住贯太郎，结果被贯太郎一把拨拉到一边，倒在地上。

“你干什么！”周平跳起来，但同样也被贯太郎“砰”的一掌打倒，摔到走廊外面。

“混蛋！”周平连滚带爬地站起来，又要冲上去时却突然呆住了。

一个年轻的女孩提着行李，和他一样惊讶地站在院子里，不知所措。她便是从新潟过来的帮工相马美代子。

这一场早间的大混战由于美代子的到来暂时中止了。一不小心闯入家庭纠纷的战场之中，美代子有些惴惴不安。不过里子亲切的笑容，静江和周平平易近人的态度，让她稍稍松了口气。甚至连那大块头的男主人也粗声粗气地问道：“早饭，吃了没？”语气虽然粗鲁，但还是能让人感觉到他的体贴之心。

那位老婆婆只是瞪着眼睛上下打量着她，没有说话，但应该也不难相处。就这样，美代子有生以来第一次，在别人家里吃早饭了。

在这里的所见所闻，对美代子来说都是新奇的。

“石匠不只是做墓石，还有墓碑、石灯笼、手水钵[10]……”里子带着美代子参观车间，一路介绍着。

“岩老，这位是今天过来的帮工。”里子向岩老介绍美代子。

“我叫美代子，请多关照。”

岩老没说话，只是“咚咚”地凿着石头。看样子是一位为人乖僻的大叔，他瞪着眼睛打量着美代子，目光似乎有些复杂。另外一位石匠——阿为则开朗地出声招呼：“加油干哦！”说完嘿嘿嘿地笑起来，像烧麦一样浑圆的脸蛋也随着笑容皱起来，更像烧麦了。看起来人不坏呢，美代子安心起来。

最让美代子吃惊的是吊桥。这座吊桥是主屋和琴奶奶居住的小屋之间的楚河汉界。

“心情不好的时候，琴奶奶就会把吊桥拉起来哦。”里子笑着向美代子解释。又不是护城河，走下台阶从院子里走两步就过去了，但是琴奶奶就是好这一口。

美代子的住处被安排在琴奶奶的隔壁，一间三榻榻米大小的屋子。由于没想到美代子今天就到，屋子还没有收拾出来。静江和周平正在把原来放在里面的破破烂烂搬出来。美代子也上去帮忙，却突然看到静江左脚有些跛，以为是刚才搬东西不

10　神社和寺院中用来洗手的地方。

小心撞到了。“你的脚，没事吧？”美代子上前关心地问道。

“这个啊，小时候就受伤了。”静江笑起来，开朗地说。

美代子听了，不由得呆住了。那么漂亮的一个人，竟然是个“瘸子”，老天爷真是……美代子这样想着，都没发觉周平拿过了她手中的行李，正在毫不费力地提着往前走。

琴奶奶就没那么有趣了。

为自己在静江的婚事上被蒙在鼓里而生气，琴奶奶拉起了吊桥。

“实在抱歉，一开始没让您知道。”里子赶紧道歉。

“算了吧，里子。反正也没人听我这个老婆子的。你们自己觉得好就行了。”琴奶奶抱着甜纳豆[11]的袋子，表达过自己的悲愤之后，又开口问道：“对方多大年纪？”

果然还是想知道。

里子告诉她，对方今年三十二岁，是高滨石材工业的销售员。半年前因为跟这家公司的来往账目有些不太清楚，派静江过去处理，一来二去，两人就这么认识了。

“里子，你那时候不知道他们两个的事？”

“我也是疏忽了，小静她什么都没说过。正好昨天，‘花熊’先生介绍了相亲，跟她说的时候，这孩子突然说‘其实我有正在交往的对象。’——她父亲就吼开了。”

11　日式甜点，多为用砂糖腌渍过的豆类或者洋芋块。名字虽然叫纳豆，但和豆类发酵食品的“纳豆”完全没有任何关系。

“这有什么好生气的！”

“可是……对方离过婚。”

琴奶奶和里子在小屋里小声谈话时，周平搬着东西走过廊下，他穿着工装裤，双腿瘦长。后面是美代子，穿着白色的袜子，双腿和她本人一样健美。只有静江拖着步子，迈着和他人节奏不一样的步伐。里子望着静江那颀长的双腿，继续说道：“因为腿的事，他爸一直想着能为她找到一个满意的人家。”

“那男的，叫什么名字？”

“姓上条……”

不约而同地，琴奶奶和里子都长长地叹了口气。

客厅里的座钟用无精打采的声音宣告了一点钟的到来。

“有人在吗？”玄关处传来一个低沉的男声，静江立刻跳了起来冲过去开门。

静江打开门，一个小男孩立刻扑了过来：“大姐姐——”

“小守……你怎么也……”静江十分惊讶，把目光投向站在男孩身后的上条，“上条先生，不是说好今天一个人过来吗？”

“对不起，可是，我还是觉得这样是不是会好些……”

里子来到静江身后，提醒似的咳嗽一声，清了清嗓子，问道：“这是您的孩子吗？”

“是的。”

“……总之，先请进吧。”

一墙之隔的店面里，贯太郎坐在办公桌上，气得手直抖。

“爸爸，好大的石头，好多啊！”男孩天真地叫嚷着走进客厅。

里子进来叫他：“他爸，到客厅里来吧。”

“你可不是这么说的，”贯太郎吼道，“你什么时候说过他都有孩子了！”

“我也是刚知道呢。”

“我跟他没什么好说的，你叫他回去吧。”

“好容易来一趟，怎么能让人吃闭门羹，好歹见一下吧……”

“没那个必要！”

“……也请你体谅一下静江的感受，我……求求你了。”里子双手撑在桌上，低头俯身，拜托似的哀求着贯太郎。

静江静静地坐着，事已至此，只能听天由命。上条也默不作声。平时他并不讲究穿着打扮，总是喜欢穿着卡其色的美军工装夹克，今天特意穿了黑色的西装。小守似乎也从父亲和大姐姐的脸上捕捉到了什么，一改平时的淘气，老老实实地坐在一边。

廊下传来了咯吱咯吱的踏地板声，贯太郎像被里子押着一样，走进屋里。

贯太郎大模大样地走到主位上盘腿坐下，对上条视而不见。

“您好，我是上条。”

贯太郎不予理睬。

“这是我儿子。”上条把小守拉到自己身边，向贯太郎介绍。

贯太郎正准备继续坚持自己的沉默战术，小守却被贯太郎伟岸的身材震撼，忍不住“哇！”地惊叹了一声。他仰头望着贯太郎，张圆了嘴，好像在说：“好高啊！”

看着小守那天真无邪的样子，贯太郎也没办法再这么气鼓鼓的，只好长叹一声，开始在身上摸索着找香烟。

静江看上条正要张口寒暄，赶紧抢先说道：“爸爸，我并没有想瞒您的意思。只是担心如果突然跟您说对方带着孩子，直接就会被您否决掉。只好让您先见见他，了解了人品之后再跟您说——上条先生一直反对我瞒您的，是我一直坚持……”

“找香烟吗？”里子突然开口问道。她坐在贯太郎对面，一直没说话。里子探过身去，伸手想帮贯太郎把香烟从他的腰带里拿出来。贯太郎气哼哼拨开了她的手。里子无奈，只好微笑着转头向小守问道：“你几岁了？”

“四岁。”

“你叫什么名字呢？”

“上条守。”

“那小守，你想喝茶吗？”

“我想喝果汁。”

“好的好的，美代子，麻烦拿果汁来。”

“好——”美代子和琴奶奶在厨房同时答应。

客厅里鸦雀无声。里子暗暗观察着上条，虽然带着忧郁的神情，长相还是相当精神的，身材也瘦削结实，没有一丝赘肉。话虽不多，但举止有礼。给人的印象不错，确实是静江喜欢的类型，里子也不得不承认。但是对于一位母亲来说，却更加关注另一个让人不安的问题：“和你的前妻……为什么离婚了？”

贯太郎一声不吭地抽着烟，静江也沉默着，静静望着袅袅腾起的紫色烟雾。如果里子也不说话，气氛会冷场得令人尴尬。

“上条先生，您现在住在哪里？”

像是袒护不善言辞的上条似的，静江抢先说道：“是池端的……”

静江还没说完，贯太郎便怒声斥道：“我没问你！”小守被这突然的巨响吓了一跳。

“他爸……”里子赶忙制止贯太郎，又笑着转向小守，“这位大叔，声音很大是不是？”

“住在池端的公寓里。”上条低声说道。

“这么句话都说不利索，声音小得像蚊子叫，没个男人的样子！”里子赶紧拽贯太郎的袖子，但是已经阻止不住贯太郎继续说下去。

“我不知道你们对结婚是怎么想的，但你就算养个猫养个狗，也得有个礼法顺序什么的吧！”贯太郎气呼呼地越说越激动，腰间的围腰子也随着他急促的呼吸风箱似的一鼓一鼓上下起伏。小守越看越有趣，突然伸出手，用食指在贯太郎肚脐眼的地方戳了戳。猝不及防，贯太郎被这冷不丁的一戳给泄了气。里子忍不住扑哧笑出声来。

琴奶奶拉开门，端着果汁走进来，嘴上还极其稀罕地涂了口红。“欢迎欢迎……”

“这是我奶奶……”

上条赶紧恭敬地低头行礼。

车间里，美代子送来了下午茶。

岩老和阿为，还有对门花店的主人“花熊”先生都在担心着客厅里的情形。

“有孩子！真的吗？”阿为首先跳起来嚷嚷道，“小静才二十三岁啊，长相才干都一等一的人儿，干吗找个二婚的！”

一直把静江当作自己女儿一样疼爱的“花熊”又失望又担心：“这下可真是天下大乱喽……”

只有岩老一言不发，咚咚地凿着石狮子。

周平也是急得团团转。虽然被赶到二楼学习，但是一个字也记不到脑子里去。没办法，周平在头上绑上冰袋，走到厨房想偷偷看看客厅的情形，却听到母亲里子那爽朗的笑声。

“过段时间这附近会有有趣的鸟儿飞过来呢。”里子拼命活跃气氛，想维持住场面。小守靠在静江怀里，看她给自己折纸。

“现在这个季节，有青鵐、麦鹟、画眉、鹎鸟……”

贯太郎突然站起身来：“我待会儿还有工作，先走了。”

“他爸，再待一会儿吧……”

上条也离席告辞：“那我也先……”

“没关系，您再坐会儿吧。”里子赶紧挽留。

“寺内先生，下次我再登门拜访。”上条站起身来，这一次他直视着贯太郎的眼睛，坚定地说道。

贯太郎狠狠地瞪着他，作为自己的回答。

“拜拜——”小守对贯太郎挥手再见。

仿佛犹豫了一下，又仿佛终究还是败给小孩子似的，贯太郎也举起他那蒲扇大的手，笨拙地挥了几下，用打雷般的声音说：“拜拜——”

里子和静江送上条父子出门，贯太郎坐在屋里没动。琴奶奶又“嘶——”的一声拉开门进来，抓起桌上谁都没碰的红豆沙糯米饼送进嘴里，一边吃一边幸灾乐祸似的嘟囔道：“哎呀呀，这下可热闹喽……”

静江目送上条拉着小守渐渐走远。在她身后，美代子、阿为和“花熊”躲在墓碑的阴影中，也在静静地看着这一幕。岩老站在一边，抬头望天，若有所思。

“哎呀呀，这下可热闹喽……”阿为和“花熊”不约而同地叹道。

“怎么回事，昨晚不是说得好好的吗？”客厅里，里子少见地质问起贯太郎来。

“我怎么了，我哪儿不对？”贯太郎显然并不服气。

“荒唐透顶！你不觉得那样做太失礼了吗？”

“那家伙才失礼吧，别人家的姑娘，他随随便便就……”

“是我先喜欢上他的。”静江插口打断了贯太郎。

“静江，那家伙可是离过婚的，还有孩子！”

“那又怎么样？”

贯太郎被这句话噎住，一时说不出话来，只好转头向里子怒吼：“你来说，你什么意见！”

“我……”里子嗫嚅道，“我也，我肯定也是觉得还是找个没结过婚的好，但静江，静江她就认准了，这也是没办法的事……”

“别废话！赞成还是反对，你直接说！”

“这怎么说呢……”

“你老子花了二十三年，辛辛苦苦把你养这么大，可不是为了拱手送给那样的家伙。”贯太郎冲静江吼道。

“爸爸您别这么说，什么是‘那样的家伙’？”静江注视着自己的父亲，眼神坚定。

“还大言不惭，脸都让你丢尽了！”

“爸爸，我从没做过见不得人的事！”

“你……你眼里还有父母吗？！”话音未落，贯太郎已扬起巴掌，给了静江一记响亮的耳光。

里子想护住静江已经来不及了。周平冲进来，差点把拉扇门踹飞了。

“姐姐！你没事吧？”周平冲到她身边。静江捂着脸蹲在地上。琴奶奶也循声来到门外。美代子站在她身后，眼里满是胆怯与不安。

“小静……”里子出声安慰。静江却突然站起身来，冷冷地看了父亲一眼，然后拖着有残疾的左腿冲出了家门。

“他爸，你这是在干吗！”这次轮到里子冲贯太郎怒吼了，“你这个做父亲的才更应该体谅小静的心情啊！”里子揪着贯太郎的衣领，继续怒道：“那孩子腿都那样了，但她可曾埋怨过我们一句？出事的时候她还小，什么都不懂，都是我们的疏忽才让她受了伤，都是我们的错啊！”

贯太郎挣扎着想甩开里子的手：“跟你没关系，不是你的错！”

“那孩子受伤以后，我就特别讨厌十一月份，运动会的赛跑比赛上，那孩子满怀期待地拼命跑，最后还是倒数第一，你可知道那样子有多可怜！即便这样，她还是忘不了用赛跑得来的铅笔写一个大大的‘加油’送给你！”

里子口里叫着，用力摇晃着贯太郎，眼泪大颗大颗地掉下来。贯太郎胸中又何尝不是百感交集，眼泪混着鼻涕不争气地掉下来。不过，越是这样，贯太郎的决定越是难以挽回了。

“正因为这样我才要说，孩子腿脚有残疾，已经够可怜了，怎么还能任由那家伙胡来！”

“他爸你别这么说。那孩子长这么大第一次喜欢上别人，就算对方不那么般配，也应该稍微宽容一些去看待他们，你说是不是？”里子合情合理的话语让贯太郎无言以对。

“别再啰唆了！”贯太郎突然一把将里子推倒在地。

“混蛋！”周平冲上前去，却被贯太郎狠狠打飞出去，撞到碗柜上，发出清脆的响声，碗柜的玻璃碎了一地。

琴奶奶也看不过去了：“贯太郎，你这混账东西，赶紧消停点吧！”

“一边去，老太婆别多嘴！”说着，贯太郎伸出胡萝卜粗的手指，轻轻推了她一把。琴奶奶自然吃不住他一推，应声倒在了美代子身上，连带着美代子也倒在地上。

“你们一个个儿的，都帮着那家伙顶撞我是不是！”

“可是……”里子站起身来，看着贯太郎。

“我不管你什么可不可是的，不服气就滚，滚啊，滚出去啊！”

里子见他难以理喻，索性重新坐下：“我哪儿也不去。”

贯太郎气得像野兽一样“呼呼”地喘着粗气：“好，你不滚，我滚！”

说罢，贯太郎重重地走了出去。

与“石贯”两街之隔，有一家名叫“雾雨”的小酒馆，酒馆麻雀虽小，但五脏俱全，因其回味悠长的清酒和美艳的老板娘而远近闻名，人气十足。

老板娘名叫凉子。

她鹅蛋脸庞，皮肤白皙，眉宇间却总含着忧郁，千金难买一笑。极少开口，总是穿着朴素的紫色和服，静静地站在吧台后面。但是许多客人都觉得，单单看她给自己斟酒，身心就会放松下来了。有时，凉子会身着一袭宛如丧服般的黑衣，带着阏伽桶[12]和鲜花，去往谷中公墓。由于她姿色过人，所以每当“花熊”跑过来报告说“凉子过来了！”的时候，不光阿为和岩老，连贯太郎也会忍不住放下手中的活计，跑过去一饱眼福。

这一晚，“雾雨”的吧台前正坐满了老常客，十分热闹。

岩老、阿为、“花熊”都在这里。还有毛利先生，西装店老板，只有在这里才见得到他。此外一个穿着和服便装的年轻人，坐在吧台的角落里。这哥们儿向来极少开口说话，听说姓仓田，但大家更喜欢叫他的外号——“沉默小哥”。从做派和偶尔的眼神交流来看，似乎不是个多么老实的人，但更详细的情况就谁也不知道了。只有岩老觉察到，有时他会出神地盯着凉子，目光炽烈。

当然，还有一位重要的客人——贯太郎也在这儿。

离家出走以后，如何消磨时间？自然是抱着气鼓鼓的肚子，一口接一口地自斟自饮喝闷酒。阿为和“花熊”围着他叽

12　一种佛教法器，用以盛放供水。

叽喳喳一个劲儿地搭话，但贯太郎始终一言不发。

美代子的心还在怦怦直跳。她一边给琴奶奶揉肩膀，一边担心着还没有回来的静江："静江小姐会去哪儿呢？"

"这用不着你瞎担心。"琴奶奶斜眼盯着美代子的脸，仿佛想一直看到她心里去，然后阴阳怪气地说道："倒是你，这么急急忙忙地从家乡跑到这儿来，葬礼什么的挺让人受不了的，是吧？"

美代子不知道该怎么招架这些夹枪带棒的话，只好更加卖力地替她揉肩膀。

里子在厨房洗菜。周平走进来，从口袋里掏出一块奶糖，剥掉糖纸，塞进妈妈嘴里。感受到儿子的孝顺，里子哭红的双眼里终于露出笑意。

里子含着奶糖继续洗菜，身后却传来了琴奶奶的声音。

"贯太郎这混蛋真不是东西，虽然是我亲生儿子，但就连我对他也是讨厌透了。这混蛋快点死了才是皆大欢喜，里子你还年轻，贯太郎死了，你还能再来个第二春对不对？"

如果到此为止还算可以忍受的话，那之后琴奶奶就要火力全开了。她掀起锅盖看了看，问："晚上做了什么菜啊？"见里子装作听不见，又继续说道："我可是跟你说啊，男人在这种时候，又是大晚上的，可是最容易受那些不正经的女人勾引了。"然后还意犹未尽，"贯太郎也就算了，最主要是静江，这个时候不忍池[13]的水还冷着，要真是想不开想寻个短见什么的话，铁道倒是这个季节的首选呢！”琴奶奶恶趣味发作，越说越来劲。

“妈！你怎么……”连好脾气的里子都忍不住要勃然变色的时候，客厅里的电话响了起来。里子急忙跌跌撞撞地跑向客厅去接电话。

“这里是寺内家，您是哪位？”

“那孩子怎样了？”电话里传来贯太郎的声音。他从“雾雨”的吧台打电话回家，岩老他们已经先走了。“回去了吗？！”

“没，还没回来。”

“回去了也不能让她进门，你听清楚了吗？”说完，贯太郎“咣”的一声挂了电话。凉子默默地给他斟酒，贯太郎则继续独坐无言，像变了个人一样，脸上露出落寞的神情。

静江这时正站在谷中公墓的墓园中。

“石贯”的作品中，有一件是静江特别钟爱的。虽然那是别人的墓碑，但每当有心事，静江总会来到那块墓碑前。不知是从小在墓园附近长大的缘故，还是因为天生就是这样的性格，静江从来不觉得墓地恐怖。

远处传来了岩老啪嗒啪嗒的脚步声。他提着装有水泥的桶，自言自语似的说：“听说早上可能会下雪，所以过来看看……”然后俯身用水泥填补墓基上的裂缝。

13　位于上野公园中的天然池。

“跟父亲吵架，挨打了？”

静江点点头。岩老却没有回头看她，只是继续熟练地在墓基的裂缝上填抹着水泥。

“为人父母的，咬咬牙狠心下手打在孩子身上，却是疼在自己心里。”

“……”

“你的腿，是两岁的时候出的事吧。你父亲发现因为自己的疏忽，让你留下了残疾的时候，后悔得差点疯了。他把店里的石头都推倒在地，好长一段时间没办法工作。”

“……”

“你父亲呢，一直想给你找一个无论哪一方面都优秀到家的女婿，来弥补自己当年的过错。”

“岩老……”

“你父亲他并不是讨厌你或者你的对象，他只是生自己的气罢了。”

岩老脱下自己的短褂，抖抖尘土，给静江披在肩上。“这样想想，就原谅他吧，你说呢？”

静江点点头，开始拖着左腿往回走。岩老提着水泥桶跟在后面。

静江一路低头踢着小石子，犹豫着走到家门前，一抬头却吓了一跳——贯太郎也正好走到家门口，只见他垂头丧气的，全无平日的气势。

“爸爸……”

“静江……”贯太郎又惊又喜，但转瞬之间惊喜就变成了怒火喷发了出来，“年轻姑娘家，怎么晃荡到这么晚才回来！混账！”

吼归吼，这一次贯太郎却没再动手。一直在院门后面偷听的琴奶奶也悄悄拉开了门闩。贯太郎推开门，发现里子、周平、美代子都站在院子里。贯太郎一边气势汹汹地往客厅走，一边又吼开了：“连个厚衣服都不穿，感冒了才好！赶紧去洗个热水澡然后睡觉！”

里子抱着静江的肩膀，偷偷说道：“你爸爸这是想向你道歉呢。”

贯太郎走到客厅坐下，打开晚报。里子和静江走进来。

“爸爸……”静江跪坐在地板上，俯下身去，“对不起……”

说完，一直没有流泪的静江终于哭出来。贯太郎也哭了，他用报纸挡住脸，却挡不住声音哽咽：“赶紧去睡觉！”

里子泪眼蒙眬地看着这一幕，微笑地点了点头。静江站起身来，跛着左腿走到门口。

“晚安。”静江说。

贯太郎把报纸稍稍挪开了些。静江向眼泪汪汪的父亲笑了一下，然后走了出去。里子默默地泡上杯番茶，这一天的惊风骇浪总算过去了。只是静江和上条的事今后该怎么办，她心里也没底。里子一边握着茶碗暖手一边这样想着。总之，今晚先好好睡一觉吧。明天的事就明天再想……正想到这里，突然贯太郎站起来叫她："喂！把手电筒拿过来！"

这一晚，"寺内石材店"的木栅门附近一直闪动着手电筒的光。里子帮忙打着手电，贯太郎搬动着一块大石头。

"都这么晚了……"里子不满地嘟囔着。

贯太郎充耳不闻，只是用尽全身力气和石头角着力。只有这样，他才能把这一天的悲伤和愤怒都发泄出来。

跛犬

贯太郎是一个非常因循守旧的人。

无论什么事都得是一家之主贯太郎先来。接着是儿子周平、祖母琴奶奶、夫人里子和女儿静江，最后才是帮工美代子。餐桌上动筷子的先后，看报纸和洗澡什么的，不遵守这样的顺序就会觉得浑身不舒服。甚至连早上上厕所也必须男士优先，否则贯太郎那大嗓门就又要吼起来了：“女人给我先忍着！”于是寺内家的女人们只好一边捂着肚子望眼欲穿，一边抱怨：“找遍全日本都找不出咱家这样的！”

因此，当贯太郎像平时一样早早起来，大摇大摆地走进店里，却看到里子竟然抢先在神龛前拜神，不由得勃然大怒。

“喂！你干什么呢！”

“哎呀，你起来了啊，他爸。”

“少废话，你不知道拜神应该由一家之主先来吗？”

“真是对不起呢。你看，今天不是周平发榜的日子吗？”

周平在补习学校复读了一年，今天是大学入学考试公布成绩的日子。

“成绩是四点发榜吧！现在抱佛脚也来不及了！笨蛋！”

“谁知道呢。说不定老天爷正在决定最后一个中榜的是谁呢。”里子不甘退让。

“你在那儿嘟囔什么呢！”

“没有啊，没什么。”

贯太郎比平时更加用心地拜起神来。虽然嘴上硬气得很，但心里还是在暗暗祈祷“老天保佑我家儿子中榜”。里子看着贯太郎一本正经的样子，心里暗暗发笑。对嘴上逞强但又心口不一的贯太郎，里子早就看得透透的。

与此同时，周平正在院子里握着拉力器锻炼身体。他故意做出优哉游哉的样子，似乎轻松得很，心里却是十五个吊桶打水——七上八下。又不知不觉想起刚才的事来，担心他的口无遮拦伤害到了姐姐。

“姐姐，你也试试这个吧，这个不用腿也行的。”周平冒冒失失地向静江推荐他的拉力器。

“女人怎么可能拉得开那东西，我还是去做饭吧。”静江完全没有在意，说完便回屋去了。周平看到她微跛的左腿，莫名地心疼起来。大概是因为担心考试成绩的缘故吧，周平安慰自己一下，又重新卖力地锻炼起来，但注意力又被客厅里的情形给吸引走了。里子和静江正一边准备早饭一边小声谈论着什么。琴奶奶已经等不及先拿起小菜塞进嘴里吃着，甚至还有美代子，她们似乎也加入了谈话。

周平竖直了耳朵，原来她们在讨论晚上吃什么。

“中榜了的话，就吃鲷鱼片和蛤蜊汤对吧，那要是落榜了吃什么呢，里子？”一如既往，琴奶奶最关心的还是吃。

“落榜了就只能咖喱饭将就了。”

“还真是两手准备呢。”

贯太郎突然风风火火地闯进来，“什么两手准备！想得美！

考上了就去念大学，考不上就给我乖乖继承家业凿石头！两手准备，门都没有！”还没搞清楚状况，贯太郎就吼了起来。

“他爸，说的都不是一回事，你着什么急！”

“贯太郎你这沉不住气的傻帽，我们的两手准备是说吃鲷鱼片还是咖喱饭……”琴奶奶又挖苦起来。

“妈妈……您少说两句吧。”里子赶忙止住她。

在院子里听到家人窃窃私语，周平本来就忐忑不安的心情更加郁闷了。

岩老和阿为也同样在做着两手准备。周平中榜了，他们就换上衣服去参加东家的庆功宴。为此，一向讲究打扮的岩老特意准备了带家徽的和服，阿为也另带了身黑色西装，用包袱皮包好藏了起来。一旦周平落榜，他们就做出一无所知的样子，迅速溜之大吉。

“要是周平落榜了，那我就请你去‘雾雨’吃饭！”岩老打定主意要自掏腰包犒劳阿为，以抚慰他与大学无缘的遗憾。

时间这个坏家伙，你越是焦急等待的时候，它越是故意不紧不慢。贯太郎咚咚地凿着石头，仿佛在催促时间走快一点。里子却腌起白菜来，宁可顶着三月的冷风，手浸着冷水，也要找点事情分分神。

静江提着菜篮子正要出门，看到里子，便笑着说：“妈妈，周平如果考上了，咱们就叫寿司吃怎么样？”

“寿司？”

“对啊，周平发誓说考不上大学就不吃他最爱的金枪鱼，”静江得意地说，“我可是知道得清清楚楚。”

“好，你去吧。”在静江走到门口时，里子突然又叫住她，“小静，你带十元的硬币了吗？每次出门买菜你都会去稻荷神社给周平拜神，今天最后一天，可别忘了带零钱。”

“什么嘛，原来您知道啊。”

相互关心的一家人，什么都逃不过对方的眼睛。

里子停下手中的活儿，目送静江拖着左腿走出门去。从腿上落下残疾的时候开始，静江便被贯太郎任命为家里的专职采购员，小小年纪便开始给贯太郎跑腿买烟。

“还是我去吧，孩子腿脚有残疾，出去怕被人笑话。”里子曾经哭着阻止贯太郎，却被贯太郎掼到一边。看到贯太郎也是在强忍着眼泪，里子就再也说不出什么了。

而随着静江渐渐长大成人，走在街上，她的腿也不再显得那么引人注意了。

客厅的电话响了，正在焦急等待结果的一家人都是心里一紧。电话是周平的朋友打过来的，似乎是某个高中好友的中榜喜报。

“太好了！可喜可贺！”周平故意大声祝贺，开朗的声音却透着掩不住的勉强。

“我的成绩要到四点才出来，五五开吧。出来了给你打电话。嗯？我姐？我姐怎么了？在池端和男人一起散步呢？你认错人了吧！”周平突然提高了嗓门，“这是什么话！因为腿瘸所以不可能认错？混蛋！有你这么说话的吗！”

正在走廊小憩的里子听到这话也忍不住生气了。

“好了别说了，我知道了，没事，我没生气。”挂上电话，周平向着窗子伸了个大大的懒腰。“这个没眼力见儿的混蛋。”周平小声抱怨着。

“妈妈，家里还有牛奶吗？”院子里传来了静江的声音。

“冰箱里有，不过小静，你没去买菜吗？”

周平正想问姐姐是不是忘了带钱包，却突然小声惊叹了一声——静江的菜篮子里，有一条小狗正在探头探脑，样子普普通通，像一团棕色的棉花。

“姐姐，这狗哪儿来的？”周平问。

“捡的流浪狗。”静江回答，然后对小狗说，“乖乖等着哦，我去给你拿牛奶喝。”说完留下周平看着它，自己一路小跑去厨房拿牛奶。

“你这小家伙，虽然是杂种狗，但也挺漂亮呢。瞧这大眼睛，不错，很合我意……”说着说着，周平突然停住了。里子和闻风而来的美代子也说不出话来——他们都惊讶地发现小狗的后腿有些跛。

“牛奶来了——，你肯定早饿了吧。”静江拖着左腿，走路一跛一跛的，碟子里的牛奶几乎洒了出来。

周平上前拦住她：“姐姐，你干吗捡这样的小狗回来？”

“你别挡着我啊。”

“姐你想什么呢！捡只这样的小狗回来。”

静江推开周平，把牛奶放到小狗跟前。“牛奶来了，您请慢用。”静江逗弄着小狗，又转向里子，直截了当地问：“妈妈，能不能把它养在家里？”

“这个嘛……”里子感到十分为难，不知道该怎么回答她。

“周平既然不同意，那让我来照顾它，喂食也好，散步也好都由我负责。”

“你够了！姐姐你知道自己在干什么吗，还带它去散步……”

“散步怎么了？”

“我不想你这么做。”

“可我就是喜欢这只小狗，不想扔掉它。”

“可是……你就不怕……不怕别人说你是盲人骑瞎马……人瘸狗也瘸，像什么样子！”

“周平你住嘴！”里子赶忙去拉周平，阻止他继续说下去。周平却挣开她，继续嚷道：“你不扔，我就把它扔了！”

“这是干什么呢！”正在这姐弟两人争得不可开交、里子想介入又无从下手的当口，身后传来了贯太郎的声音。众人回头一看，发现贯太郎正像座小山包一样蹲在地上，吹着口哨，逗弄着小狗："怎么了，你这小家伙，你妈妈去哪儿了？"

"爸爸，就把它养在家里吧。"

"我反对。爸爸，这小狗的腿……"

"那些啰哩啰嗦的废话都打住！"贯太郎声音不高，却透着威严。说完，他又一边抚着小狗的脑袋，一边自言自语："起个什么名字好呢……"

周平在床上翻来覆去，坐卧难安。发榜的事让他心烦意乱，姐姐的腿又一个劲儿地浮现在眼前，赶都赶不走。最近，周平开始觉得姐姐的腿很美。尤其是和上条在一起后，更是让人觉得耀眼。什么由美薰[14]啊、朱里英子[15]啊，都差远了。从姐姐的腿上，可是能看到一种"精神"的——这样想着，刚才小狗拖着的后腿又在眼前放大起来，28639几个数字——他的考号也如同闪光灯一般在上方闪着刺眼的光芒。周平再也待不住，一跃而起跳下床来，去厨房找他的母亲。

里子正在厨房里洗菠菜，面对着一脸认真又拿小狗说事的周平，感到无可奈何，难以应对。

"妈妈，你就一点意见都没有吗？这小狗，我还是觉得不能养。"

14　由美薰（1950—　）日本女演员，本名西辻由美子。

15　朱里英子（1948—2004），本名田边荣子，日本女歌手，十六岁只身赴美，主要活跃于日本国外。

“周平，这件事已经定了就算了……还有，一家人怎么能说那么伤人的话？”

“大家都觉得没关系吗？可我就是觉得不好。”

里子哗啦哗啦洗着菜，旁边放着量好的一升红小豆。周平蹲下身拨拉着豆子玩，却一不小心打翻了装豆子的桶，豆子撒了一地。

“哎呀，赶紧都捡起来。”

周平正趴在地上捡豆子，头顶上传来了奶奶的声音：“所以说啊，他肯定是因为自己让那孩子受了伤，正内疚呢。”[16]听到这话，周平不由得动作僵住了。

美代子在琴奶奶身后，更是没有看到僵在现场的周平，附和道：“所以他才会有那种反应呢。”

周平猛地站起身来，把琴奶奶吓了一跳，她“啊！”地大叫一声，夸张地捂着胸口：“你这是想吓死老人家吗！突然像个电线杆子似的戳在眼前，差点你就要给我送终了！”

“妈妈，姐姐的伤，跟我……”周平神色僵硬地想向母亲问清楚。

里子却误会他还想说小狗的事，便打发他到别处去：“好了好了，你去别的地方玩会儿吧。”

周平瞪了母亲一眼，快步走了出去。琴奶奶笨拙地吹着口哨目送他离开。

16 琴奶奶和美代子在谈论贯太郎刚才出乎意料的反应。

“里子啊，贯太郎今天吹口哨了？”

“是啊，妈妈。”

“他可比我吹得好多了。”

“就那样吧。估计考虑到小狗是小静捡回来的，没办法说让她扔掉。”

“真不容易呢，你也是，贯太郎也是。”美代子蹲下捡着豆子，听到琴奶奶罕有地对里子说起体己话来。

周平来到车间，贯太郎、岩老和阿为正握着凿子，在一堆大大小小的石头中间奋力工作着。

“爸，我有话想对你说。”周平声音很大，盖过了凿子声。

“混蛋！这个时候了还有什么好说的！考不上就给我老老实实凿石头，就这一句话！”贯太郎用比周平大得多的声音吼道。

“不是那个事情啦！”

贯太郎推开纠缠不清的周平，自顾自地往店面去了。

周平不甘心，决定找岩老打破砂锅问到底。

“岩老，听说您已经在这儿干了五十年了对吧？”

“是啊，怎么了，难不成你是想给我发个勋章什么的？”

“我姐受伤的事情，您跟我说说吧！”

岩老不愧是久经沙场的老江湖，听周平问到关键的地方，就迅速地装起傻来。

“哎哟，想起来那时候我可是正当年啊，那真叫一个风流倜傥呢，下谷[17]和神乐坂[18]都有我的相好呢！”岩老竖着小指，咧开嘴得意地笑着，露出一口黄牙。

“岩老，我姐姐当年是不是因为我才受的伤？”

岩老仍旧是露着一口黄牙，笑嘻嘻地顾左右而言他：“哪里的话，别听人瞎说。”

“您别打马虎眼，赶紧告诉我吧。”

阿为突然插嘴说：“我听说，静江小姐的伤在你出生前就有了。”

“我以前听他们也是这么说的，但其实不是这样的对吧？是因为我，姐姐才受了伤，岩老，是不是这样？”

“周平啊，你这是怎么了，考试压力太大神经过敏了吧！”

“岩老，求您了，就告诉我吧。”

岩老充耳不闻，起身要走。周平紧追不舍，急切间顾不得脚下，噼里啪啦把地上的石头粉末都踢腾了起来。过来送茶的美代子一进门，便被石粉眯了眼，“啊！”的一声捂住眼睛。

这一下可热闹了，美代子捂着眼睛蹲在地上，疼得眼泪模糊；周平在一边手足无措，只是结结巴巴一个劲儿地道歉。还好岩老干了一辈子这行当，经验丰富。他在阿为背上捶了一拳，催促道：“去告诉老板娘，赶紧烧洗澡水！”

---

17 东京区划之一，1947年与浅草区一起合并为台东区。

18 位于东京新宿，曾是当地有名的游乐之地。

阿为还没反应过来，周平已经连滚带爬地跑出去通知他妈妈了。

石粉进到眼里，怎么也弄不出来的时候就要泡澡。虽然谁也不懂这其中到底有何奥秘，但据说寺内家的石匠们一直都是这么做的。于是，大白天在寺内一家上下（贯太郎除外）同情又关切的目光中，美代子一个人走进浴室泡澡了。

“那……第一个去泡澡的不是老爷真的没关系吗？”美代子小声地问道。贯太郎极其重视尊卑次序，又向来凶横。美代子尽管捂着眼睛疼得泪眼模糊，却还是战战兢兢不敢轻易造次。结果又吃了贯太郎一顿吼。

“磨磨蹭蹭废什么话，赶紧去洗！”

美代子有些腼腆地走进浴室，脱下红毛衣，小心翼翼地放在衣篓中，开始沐浴。里子在外面问她水温是不是合适，美代子赶紧回答，又抱歉地补上一句：“大白天的为我一个人烧水泡澡，真是太浪费了。”

美代子一边说着话，一边童心未泯地用毛巾在水里挤泡泡，那样子全然还是一个孩子。

不过在琴奶奶眼里，却全然不是这么回事。她悄悄把窗子拉开一条细缝，一边凑上去偷看，一边感叹道：“哎呀呀，现在的孩子们营养是好啊，瞧这发育的，该凸的凸，该翘的翘。哎，里子你也过来看看！”

琴奶奶说着，想把窗户缝开得更大些，却不小心用力过猛，窗子“吱呀”一声几乎全被她推开了。“啊——”美代子惊叫一声，来不及看是谁便一盆水泼出去，把琴奶奶淋了个透湿。

这么一闹腾，美代子的眼睛似乎也没事了。不经意间眼里石头粉末被洗了出来，也算因祸得福。

周平本来打算从岩老那里问出点什么，但被美代子的眯眼风波这么一闹，也进行不下去了，他只好过来缠着琴奶奶。正浑身滴水的琴奶奶自然也没心情理他。

“奶奶，你就告诉我吧，我姐的腿是怎么伤的？”周平不放弃。

“女人看女人有什么，气死我了。”琴奶奶自顾自地发牢骚。

“奶奶，是不是都是因为我？”

“哎呀呀，气死我了。我这么大年纪，她居然冲我泼开水，真下得去手！”琴奶奶愤愤不平地嘟囔着。

“奶奶——，姐姐的腿伤不是因为我的错？”周平不管不顾，只是锲而不舍地问着自己的问题。

琴奶奶急着换衣服，想赶紧把黏牛皮糖似的周平打发走，只好不再装聋作哑：“谁的错，还不都是他的错！归根结底都因为干了这一行，所以出了事，当然都是继承家业的那个人的责任！”

琴奶奶拿起自己最爱穿的罩裙在身上满意地比了比，就要趿踏着拖鞋到别的房间换衣服。看到周平呆呆地站在那儿一言不发，她不屑地撇撇嘴："不就是眯了下眼睛吗，有什么好担心的！"

她哪里知道周平纠结的完全是另外一件事。琴奶奶的话宛如晴天霹雳，让周平脑子一片空白，只是嘴里面喃喃念叨着："果然……果然是我……"

周平终于明白为什么自己小时候经常会做同样的梦：年纪尚幼的他在车间里玩耍，兴味盎然地搬动着里面的石头。因为是在梦里，平时十个人也搬不起来的石头变得轻如鸿毛，轻松就能举过头顶。突然，一块石头摇摇欲坠，眼看就要压到姐姐的腿上，随后耳边便传来姐姐的惨叫声。周平用尽全身力气想把那块石头移开，此时石头却变得重若泰山，任他如何焦急拼命，却难以移动分毫。

每次梦见这一场景，周平都会满头大汗地醒来，心中焦急而绝望。如今他终于明白，这并不单单是一场梦，而是幼时的记忆残存在脑里的模糊印象。这记忆过于模糊，以至于他都未能发觉，而只是梦中一遍又一遍地重温。果然……果然是因为我，姐姐才受了伤，留下了终生的残疾。

周平独自坐在廊下发呆，心里充满了自责。

静江走过来拍拍他的肩膀："周平，已经四点了，该出去看成绩了！"

"姐姐，我……我该怎么向你道歉才好？"

"傻瓜，我都没当回事呢，"静江以为周平是在为他刚才想把小狗扔掉的事情道歉，“要真想赎罪的话，就多替我照顾照顾它吧。”

但周平完全没明白过来。“赎罪……”他嘴巴动了动，又哽住了。说者无心，听者有意，周平本来就已后悔自责到无以复加，听到这个字眼，心里的内疚不禁又深了一层。

周平落榜了。

他一遍又一遍仔细地看着榜单，终于确定那上面根本没有他的考号，他落榜了。失望之余，在公用电话亭给家里报信的时候，周平再也忍不住了，对电话另一边的母亲吼道：“妈妈，你告诉我实话！姐姐的腿是不是被我害成这样的！”

“你这孩子说什么傻话呢，你先回来，回家再说……啊！他爸！你干吗？”

周平听到话筒里传来了推推搡搡的嘈杂声，知道肯定是父亲抢过了电话。果不其然，电话里随后就传来了贯太郎一贯的怒吼声：“还磨叽什么！考不上就给我凿石头去，没得商量！”

“说得不是一回事，他爸你让开……”电话里又传来了里子的声音，“总之你先回来再说好不好，路上慢点，当心车。”

挂上电话，周平茫然地迈开步子往家走。对迎面走来的路人完全不知道避让，对红绿灯也视若无睹，只是头脑木然，一路失魂落魄。眼前不断晃动着姐姐的跛足，还有那瘸腿的小狗，周遭的事物似已完全不存在。

寺内家弥漫着咖喱的香气，只是这香气却不再勾人食欲。

得知周平落榜的消息，鲷鱼、生鱼片和寿司的庆功宴算是彻底泡汤了，变成了备选的咖喱。应了琴奶奶“两手准备”的调侃。岩老和阿为见势不妙，正急忙完成手中的活儿，准备早早溜之大吉。就连街对面的“花熊”也觉得奇怪，傍晚时分寺内家的咖喱香气，以往总是带着家庭的温馨，让他这个鳏夫无比羡慕，今天却一反平常，带着落寞的味道。

“小小！小小！”院子里传来了静江呼唤小狗的声音，“妈妈，你看到小小了吗？”里子表示她已经有好一会儿没看到它，不知道去哪儿了。

“莫非是谁带它出去遛弯了？奶奶，美代子，你们有没有看到小小？”

但是她们俩也同样毫不知情。

“奇怪……刚才我明明把它拴在那边的……莫非是阿为牵去玩了？”静江说着正要往车间走，却被周平拦住了。

“是我干的。”周平生硬地说。

“周平……你可算回来了。”静江没明白过来，只是看到周平回来，松了一口气。

“我说是我干的，我把它扔了。”周平决定把话说明白。

“你怎么能这么做？”

“因为……因为我讨厌它！我一看到它在院子里优哉游哉

的就烦！只要一想到你带它散步的样子……只要一想，我就会觉得自己该死，我受不了了！”

“周平，你怎么了，你在说什么？”

“姐姐你不也是一样。上条先生可能人真的很好，但是如果……如果不是你的腿，你完全可以找个条件更好的对象，也不至于找个带着孩子的离婚男人！”

“周平！你太过分了！”话音未落，静江已经给了周平一记清脆的耳光。

“你打我吧！这样我还能好受点，你打吧，打啊！”

里子看不过去，揪住周平斥道：“你胡说八道够了没有！闭嘴！”周平人高马大，里子竭尽全力也只能揪到他胸口的衣服，几个人乱成一团。

正在琴奶奶也要加入战团的当口，贯太郎雷鸣般的大嗓门及时出现了：“乱七八糟干什么呢！吵死了！”

“爸爸，周平把小狗给扔了！”

周平则抬起头，直视着贯太郎的目光，毅然决然地说：“爸爸，我不会去做石匠，我也不会继承家业做第四代贯太郎！”

“混账！老子跟儿子说事情也得分个先后，回来就算不先说考试结果，至少也得先好好说话吧！”

“考试，已经没戏了。”周平用挑衅的眼神扫过众人，一字一顿地说道，“但是，我不做石匠，我不会做这份害惨了姐姐的工作！”

“那都是因为我的疏忽，哪里怨得着石头！”

“爸爸，你就别再骗我了。”

“什么？什么骗？”

“姐姐的腿，不都是因为我才变成这样的吗？”

“你胡说些什么，疯了吗？”贯太郎怒不可遏，一把揪住周平，把他推搡到已经哭成泪人的里子跟前，“你，把你的混账儿子弄到井边冲冲冷水，让他清醒清醒！大学没考上倒把脑子考坏了！”

“你别支支吾吾说别的！”周平又冲到贯太郎跟前，直视着他的眼睛说：“把儿子的罪责揽到自己身上觉得很帅是不是？当我明白过来自己一直在被人护着的时候，你知道我有多难受吗？你想过吗，爸爸？”

“周平你先别急，听妈妈讲好不好，你怎么想到那里去了，事情根本不是你想的那样。”

“妈妈你不要骗我了，奶奶和姐姐已经把事情全告诉我了！”

“妈妈你到底跟他说什么了！”里子愣了一下，怒火随即全转移到了琴奶奶身上。

“我？我什么都没说啊！”琴奶奶也莫名其妙，赶紧撇清关系。

“奶奶你用不着说假话，反正我都已经知道了，你不是说我才是犯人吗？”

“小静，你又说什么了？”里子问明了琴奶奶这边，又转头问静江。

“我……我也什么都没说啊。”静江也是一脸茫然。

“你当然说了，你不说让我帮你好好照顾小狗来赎罪吗？！”

“我说的是小狗刚捡回来的时候，你说了那么过分的话，当然应该向它赎罪。”

贯太郎怒气冲冲地把周平拽到井边，哗啦啦几桶冷水当头淋下：“脑子烧坏了是不是，现在冷静了没有？”

“他爸，你别把他淋感冒了！”里子不忍心，赶紧上去阻止。

女人的话贯太郎向来是不听的，他一把甩开里子她们，拿着桶又继续向周平淋了五六次才停下来。

周平已经成了落汤鸡，从头到脚都滴着水，但还是毫不退缩：“我不相信！爸爸你说是你做的，你就拿出证据来！”

“我的话就是证据！”贯太郎还是一贯的凶横。

“小周平，姐姐不是也告诉你了吗，不是你想的那样。”静江也赶紧上前解释。

里子拉开静江，平静地说：“周平，你过来。”

“你走开，妈妈。没你的事。”

“你过来！”不知道哪里来的力气，瘦小的里子“跐溜跐溜”地拖着人高马大一路抗拒的周平往储藏室去了。

贯太郎看着母子俩远去的背影，默然回到办公室，在黑暗中点上一根烟，独坐无言。

储藏室里的空气已经干燥了下来，但仍然带着一股霉味，头顶上一个白炽灯泡随风摇晃着，灯光昏黄。木质的旧衣箱泛起沉静的幽光，零碎的家什用具也变得淡黄，似乎在历数着悠悠的岁月。里子和周平在它们中间相向而坐。周平浑身湿透，不断打着冷战。里子拿出一本旧日记递给他。

“这不是爸爸的日记吗？”

里子没有回答，只是示意他打开看。

“九月十七日，下午四点。静江左腿被店中石材砸伤。我为人父，却疏忽至此，歉疚难言。”周平抬起头，看到母亲轻轻点头，示意他读下去。

“再看八天以后的。”

“九月二十五日，凌晨五点三十六分。喜得麟儿，重六斤八两。五体康健，母子平安。寺内家后继有人，万岁！”

听到这里，里子露出笑意。周平却忍不住落下泪来。

附近的“雾雨”酒馆里正满是熟客，十分热闹。漂亮的女店主凉子带着安静的微笑，默默为客人添酒，一如平常。仓田先生坐在平时的位子上，痴痴地望着凉子的侧脸，一言不发地喝着酒，仿佛满怀心事。西装店老板毛利先生，还有刚被男友甩掉却仍然魅力四射的千惠子也在这里，聊得热火朝天。阿为虽然和他们坐在一起，却一言不发，情绪低落。

“喂，你又不用担心落榜，干吗这么低落。来，喝着！”

岩老一再鼓劲儿，阿为却怎么也提不起兴致来。

“按说考试落榜了生气失望是人之常情吧，我却是那种考试落榜了反而欢呼雀跃的人，想着从此以后终于再也不用交学费了……”阿为吸溜着鼻涕，仿佛有些伤感。

岩老默默地为他添上酒。

“这下小周平也只能做石匠了吧……他父亲那么顽固。”

“怎么会……再复读一年试试看吧，这会儿估计正这么说呢。”岩老拿起酒杯一饮而尽，一点都不担心。五十年的交情，怎么会连这一点都看不出来。

“小小——，小小——”深夜的谷中墓地里，周平仍在卖力地寻找着小狗。

他已经换掉了湿衣服，穿上了和服，路灯在他身后投下细长的影子。另外一个瘦小一些的身影默默走近，为他围上围巾。“小周平，咱们回去吧。”静江说。

“可是，小小还没有找到……”

“没事的，即便找不到，它应该也会顽强地活下去。”

周平跟在姐姐身后，一边走一边不断地回头张望，试图能够找到小狗的身影。

静江在前面走着，突然问道：“刚才……抱歉呢。打疼你了吧。”她没有回头，好像在故意避免去看周平的脸。

“姐姐，上条先生……你很喜欢他对吧？”

静江没有说话，径直向前走着。

“姐姐，你并没有我想象得那么不幸，对吧？”

"……"

"我终于明白，正因为姐姐当年受过伤，如今才会如此美丽。"

"大学虽然落榜了，但人却似乎成熟了一些呢，周平。"

姐弟俩身后，一辆捡垃圾的大篷车缓缓驶过。车上的破烂堆里，有一只小狗睡得正香。那小狗……咦，不正是小小吗？

EGG

贯太郎家的餐桌上总是非常热闹。

尤其是周平和琴奶奶相邻而坐的地方，更是鸡犬不宁。这天晚饭的时候，周平对腌萝卜为什么不切成三段抱怨起来。

“腌萝卜嘛，切三段还是切四段都行吧？”

“那可不行，切三段听起来跟‘腰斩’似的[19]，不吉利。”

“那干脆整着吃总行了吧。”

“也不行哦。”

“为什么啊，奶奶你说说。”周平打破砂锅问到底。

换做平时，说到这里贯太郎的大嗓门就要登场了：“食不言，闭嘴！”不过今天贯太郎却一反常态，反而接过话头，和颜悦色地向周平解释起来：“一整块的话就和‘斩首’谐音了[20]，也是不吉利。”不仅如此，当周平无理搅三分地说那些都是老皇历，现在不是讲究这个的时候，贯太郎也依然不以为忤，还耐心地教育他说，世代流传下来的老说法也是应该听听的，不能随便摒弃传统。

里子和静江面面相觑，都觉得贯太郎今天实在是有些奇怪。而更奇怪的是，贯太郎明明看起来心情不错，一碗饭却迟迟没有吃完，一直没让她们添饭。

“他爸，碗拿过来，给你添饭去。”

---

19 即“三切り”，与“身を切る”（即切开身躯，也有“拿……开刀”之意）发音相近。

20 即“一切り”，与“人を切る”（即杀人、砍人）发音相近。

听到里子的催促，贯太郎像吓了一跳似的，赶紧把他的大海碗藏到身后，支吾道：“不行不行，今天得少吃，一会儿还有饭局呢。”见众人一脸惊讶，贯太郎又开始催促大家快点吃，说待会儿还有客人要来。

“谁要过来？”里子问。

贯太郎却自顾自地说：“肯定还是得喝点酒吧，不行，喝了酒就不能练习了。对了还有周平，你也跟着出来见见，打个招呼。”完全答非所问，让人摸不着头脑。

不过大家对贯太郎的脾气也是心知肚明，知道如果这时候刨根问底肯定是要挨骂的，便不再作声，只是赶紧低头扒饭。

将将吃完的时候，客人来了。“请问有人在家吗？”玄关处传来的声音高亢悦耳，中气十足，令人印象深刻。贯太郎闻声悦然，脸上像是突然绽开了花，赶紧出声回应：“来了——”然后又催促里子，“快去迎接客人！”里子和美代子不明就里，只好拖长声音应了一声，起身向玄关跑去。贯太郎自己也坐不住，急急忙忙跟在她们身后，他又高又胖，动作笨拙，不是撞了门就是碰了柱子，一路跌跌撞撞。

最先出来的美代子看到客人的模样“啊！”的一声惊呆了。客人高大威猛，比贯太郎还大一号、胖一圈，把狭小的玄关挤了个满满当当。初见但觉似曾相识，细看之下才猛然一阵惊喜，是花风亲方[21]啊。花风亲方曾经是大关级[22]的相扑手，非常出名，几乎老少皆知，如今已然退役，担任相扑解说。

“快请进，真是好久不见啊！”贯太郎兴奋得如同见到长岛茂雄[23]的小学生一般。

“确实好久不见呢。”花风点头致意，走进屋内。里子和美代子赶紧侧身紧贴到墙上给他让路。

直到坐下说话，贯太郎才向大家解释清楚。原来，石业协会向八幡大菩萨[24]敬献了相扑台，还要在神社的祈愿仪式上进行相扑表演，所以请花风过来当面进行指导。

“虽说是练习而已，不过还是希望能够实打实地过一遍。”贯太郎拜托道。

“有你这个‘谷中区横纲’坐阵，哪儿用得着我指导。”花风调侃道。

“哪里哪里，我这就是空长一身肥肉，不管用的。”花风的玩笑话让里子脸上有些发烧，不过贯太郎却丝毫不以为意，又拍拍身旁的周平，继续说道：“我家的小兔崽子，你看怎么样，

21　日本有名的相扑手退役后或者进入相扑协会，或者在“相扑部屋”担任教练，便会被冠以“亲方”称号，即教练、师傅、顾问之意。这里的“花风亲方”即“花风师傅”。

22　根据成绩日本相扑共划分为十个级别，最高级为“横纲”，“大关”次之。

23　长岛茂雄（1936—　），日本职棒传奇选手，作为球员和教练在巨人队取得了巨大成功。

24　八幡大菩萨，具有镇守国家、去除灾厄、保佑生产、育儿等各种各样的功德，也是源氏一族的守护神。供奉八幡大菩萨的神社遍布日本各地。

让他来做‘持刀[25]’力士的话太瘦了点，不够威猛，就全拜托你加以指导了。”说着，贯太郎便向花风深深低下头去。

贯太郎突如其来的话让周平大为慌张。本来挺着个啤酒肚的贯太郎在祈愿仪式上进行相扑表演就够丢人的了，自己还得穿着兜裆布去做“持刀”，这样的话以后就真没脸见自己的女友真由美了。“爸爸，我不要去做‘持刀’，我不去。”

“胡说，这么荣光的角色都给你了还不知足！”

眼看父子俩又要吵起来，阿为急急火火地冲了进来，他唰的一下拉开门，让挤在走廊里偷看的琴奶奶、静江还有美代子三人倒成一团。

阿为跑到贯太郎身边“扑通”一声跪倒，两手撑地：“花风大人，求您让我来做吧，哪怕就这一次也好，拜托您了！”话未说完便着急地摆了个姿势给亲方看。

“笨蛋！这是‘弓取[26]’的姿势啊！”

“啊！那‘持刀’应该是这样的吧！”阿为赶忙换了个架势，小心翼翼地演示一遍，然后又向花风亲方跪拜下去。“花风大人，拜托您了！”

岩老也来凑热闹了：“我这把老骨头，就来扮演‘行司[27]’的角色吧。”

---

25 持刀，指作为相扑手的随从，为相扑手捧太刀的角色。

26 弓取，指相扑入场式时，相扑力士所做的模仿拉弓的仪式。

27 行司，即评定相扑比赛胜负的裁判。

这样一来成了三缺一，周平想退出都不行了。

花风亲方看着自己这四个如同滑稽剧演员一般的徒弟——胖、瘦、矮、老，有些哭笑不得，但还是郑重地点头答应了：“好，我就一块儿教你们吧！”

贯太郎闻言大喜，大吼一声：“女人们都给我退下！”就要开始练习了。

寺内家的女人们被贯太郎吼到了厨房里，但不一会儿她们就被一声突如其来的巨响吓了一跳，整座房子似乎都在震动。出来一看，才发现贯太郎赤着上身，只穿着秋裤似的驼绒裤、戴着相扑围裙，正一板一眼地练习“四股[28]”，地动山摇。岩老和周平穿得还算齐整，不过阿为却是完全进入了角色，脱得赤条条的，只草草抓了块包袱皮做了个兜裆布围上，手里拿着滑雪杖来代替“太刀”，正煞有介事地练习着“持刀”的姿势。女人们都看得目瞪口呆的时候，入戏太深的阿为突然重重地打了个喷嚏。

第二天早上，阿为因为感冒发烧了没有来上班，拜托岩老给他请了假。

里子和贯太郎听到消息便决定去看看他，里子一边准备慰问品一边向他抱怨：“他爸你看，现在这种天气光着身子相扑什么的还是不行吧？”

28　四股，即以双脚轮流顿地，借由力士威武的身躯来镇摄躲藏在地底的邪灵。

贯太郎一边抽烟一边嘴硬："相扑不光着身子难道还得穿西装吗？再说了，还没怎么着就感冒了，也真是不中用。"说完，看里子要出去，又冲她喊道："喂，那臭小子爱抽七星牌的烟，你别买错了！"他虽然嘴上爱放狠话，其实还是非常细致心软的。不过如果这层面具被人看穿了的话，他就会恼羞成怒，分分钟就要发飙。里子对他的脾气早已了如指掌，故意不去看他，只是嘴里答应着："好了好了，知道了。"然后出门去了。

阿为和岩老同住的宿舍就在附近，是一个小套间，有一大一小两个房间。大的六张榻榻米大小，小的也四张半。岩老爱整洁，他的屋子总是一尘不染、整整齐齐，阿为则有些邋遢，屋里总是脏兮兮乱七八糟的。

阿为正睡得迷迷糊糊，半睡半醒间似乎感觉到老板娘正在屋子里走来走去，就渐渐醒了过来。闻到了头油的味道，还有雪花膏的甜香，这股香气是如此的熟悉，是佑天兰[29]牌的还是莱特牌，似乎和自己的妈妈用的一样。阿为看里子正忙着帮他收拾衣服，就继续装作睡着，趁里子不注意，赶忙把扔在枕边的色情杂志拿进被窝藏了起来。

里子看到他醒来，便告诉他已经烧到三十八度九，必须得叫医生过来打针了。一听要打针，阿为赶忙连连哀求，说什么都行就是打针不行，他从小怕打针，光听听就要浑身发抖了。

29 佑天兰（utena），是日本历史悠久的化妆保养品公司，成立于1927年。

这时周平气喘吁吁地跑过来了。

“妈，爸爸说如果阿为病得太重就让他先搬到咱们家去住。”

“我也是这么想的，他现在需要照顾，换冰袋什么的老是跑过来可不行。”

阿为听到，心中一阵温暖。虽然经常受贯太郎打骂，但对他这样无依无靠的人来说，寺内家的客厅还是一个理想的容身之所。但是就这么轻易答应了，男子汉的面子又有些挂不住。“我一换地方就睡不着觉。”他一边嘴硬着一边却又翻腾着收拾起换洗的衣服来。

里子因为要回去准备铺盖什么的，所以先走一步，临走前不厌其烦地一遍一遍叮嘱周平一定要把阿为带回来。

“小周平你也不轻松啊。”

“一个老顽固的爹，外加一个话痨妈妈，可不是够我受的。”

阿为从抽屉中翻出内裤，一条一条比画着看看哪条能干净点，一边冲周平竖着小手指：“等你有了女朋友，到时候在她们面前帮你说话！”

周平说你别找了，到时候穿我的吧，然后把浑身瘫软的阿为扶起来，又四下打量着这个狭小的套间，羡慕地问：“这小屋不错嘛，一个月多少钱啊……”

阿为在琴奶奶的房间睡下，午后又发起烧来。睡梦中，阿为听到贯太郎和里子吵了起来。

“为什么不叫医生过来？”

“因为这孩子说讨厌医生，又打不了针。”

“什么都听他的那还了得！赶紧打电话叫医生，摁着也得把针打了！”

阿为听到这里吓得一激灵，一把拿开脑门上的冰袋，就要跳起来逃走，可是身体已经不听使唤了。阿为正咬牙努力的时候，又听到了琴奶奶的声音。

“既然说讨厌了，那也是没办法的事儿。要是硬来，万一针还没打下去，他倒先撒丫子跑了，贯太郎你脸上可就好看喽。”琴奶奶还是一如既往地爱说风凉话。她顿了顿，接着说道：“不知道现在还有没有卖糖稀的。不是街上卖的那种稀的像水一样的东西，是用米做的一点杂质都没有的那种——里子，前一段时间从新潟送来的那种……”

“哦，就是那种黏黏的拉着丝，可以用筷子挑起来缠成一团的那种，是吧？”

“把这个跟萝卜齑混成粥喝下去，感冒什么的立马就会好。”

“只是在东京这种东西可不好买。”

“贯太郎小时候，一感冒就会喝这个，一喝就灵。”

“糖稀啊……”阿为喃喃地说道。用清凉甘甜的糖稀，润一润因为咳嗽和发烧而疼痛难忍的喉咙——那感觉肯定不错。这么一说，阿为依稀想起来，小时候似乎吃过这东西。还记得有一首儿歌：

黄金虫啊真有钱，造起金库抱金眠，儿喝饴糖真是甜。

去世的祖母好像经常哼着这首儿歌。回忆着童年的依稀往事，阿为不知不觉又睡着了。

到傍晚的时候，阿为的烧退了一些。

阿为一个人先吃晚饭，在客厅里端着鸡蛋羹大快朵颐。他穿着睡衣，套了一件贯太郎的宽袖棉袍，盘着腿大模大样地坐在贯太郎的位子上，心情非常不错。并且由于寺内家向来习惯等贯太郎回来才开饭，所以此时静江、周平、琴奶奶，还有美代子都围坐在阿为周围，或微笑或饶有兴味地看着阿为大口大口把鸡蛋羹扒进嘴里。这让阿为有点不好意思，更何况还有他一直暗恋的静江也在身旁照顾，更让他感觉局促，因此吃得更快了。

“哟，阿为哥，吃得太快小心烫着舌头哦。”没有贯太郎在耳边喋喋不休，周平的心情也轻松不少，跟阿为开起玩笑来：“阿为哥跟我一样是个猫舌头，吃不了烫东西。喂喂，舌头别伸出来啊，会跟猫一样‘吧嗒吧嗒’有声音的。”

琴奶奶、美代子，甚至静江都一起学着阿为的样子“啊——”一声伸出舌头。这让阿为的尴尬稍微减轻了一些，阿为感激地看了大家一眼。今天似乎连琴奶奶心情都不错。

“说起猫舌头呢，那可是从小家境好才能有的哦。古时候那些贵族老爷什么的，吃饭前不是都得有人试毒才行吗。这样一来，不管什么好吃的，等端上桌子已经冷了。热腾腾烫口的鸡蛋羹，他们可是一辈子都没吃过呢。”

“这么说的话，是不是就像落语《目黑的秋刀鱼》[30]里说的那样，什么都要趁刚烧好的时候……”

“对对，我也在什么地方看到过。”静江也来了兴致，打开了话匣子，“据说，英国有位伊丽莎白女王，住在一座非常非常大的宫殿里。在厨房里做好的汤，经过好几个仆人传递，送到饭桌上的时候已经冷了。”

“那……那岂不是伊丽莎白女王也是个猫舌头。”美代子听得心驰神往，眼中闪动着兴奋的光芒。

“和我一样哦！”阿为吐着舌头展示着，令大家笑作一团。这样一来，阿为更是来了劲儿，他转向周平，嘴里含混不清地问道：“小周平，我这个样子，像谁呢？”

“像谁呢……”

“就是打个比方，如果我也是这个家里的人的话。”阿为的声音渐渐低下去。

“这个嘛，从年龄上来说，像我大哥。”

琴奶奶插了一句：“有个这样笨手笨脚的长子，石贯可是要破产了。”

长子！我是寺内家的长子！虽然只是玩笑话，对于阿为来

30 落语，类似中国的单口相声，《目黑的秋刀鱼》是日本脍炙人口的落语经典桥段之一，已经成为约定俗成的成语。大意为富贵人家偶然吃到穷人饮食，觉得鲜美无比，比喻那些身在福中不知福的人。

说，可是又找到一个耍帅的地方。

“好！喂，周平，静江，还有美代子，今天下班以后大哥带你们看电影去！”

阿为入戏正深，冷不防传来一声炸雷般的呵斥：“混账东西！”

这自然是贯太郎回来了。他吃完午饭就出了门，也没说要去哪儿，结果到现在才回来。只见他一只手拎着个用稻草包得严严实实的小油桶，正威风凛凛地站在门外的走廊上。

“这是在干什么！哪儿有乐得合不拢嘴的病人！”

里子赶忙从厨房跑出来打圆场：“这不是烧退了一些吗，我就想着让他起来和大家一起吃饭，是不是胃口能好一些。”

“吃完赶紧给我滚回屋里睡觉！”

阿为羞愤交加，又想直接冲贯太郎扑过去，却忘了身上穿的贯太郎的衣服又肥又大，被绊得一个踉跄，重重地一头撞在了贯太郎手里提着的油桶上。

“他爸，你这是买的什么……”里子指着贯太郎手里的油桶问道。美代子绕到贯太郎身后，读出了油桶上没撕干净的标签：“饴糖……”

“他爸你原来是去找卖饴糖的了啊。”

饴糖——阿为的喉结“咕”的一声动了动便哽住了，再说不出话来。因为自己婆婆妈妈又是怕医生又是怕打针，老板居然浪费了半天的时间去给自己买饴糖。阿为强忍着不让眼泪流出来，拖着肥大衣服的下摆，跌跌撞撞飞也似的冲了出去，一头钻进琴奶奶的房间，刚拉上门，“呜呜呜”的哭声便传了出来。

第二天一早，阿为还是一副无精打采的样子。美代子拿着阿为刚刚试完的体温计，对着阳光看了一下读数。“三十七度一，病好了，可以回家了。”

“什么，三十七度一？”阿为一把夺过体温计，既惊讶又不甘心，“不可能啊，明明头还在疼，身上还觉得冷……肯定是这一次没夹住，我再试一次。”看到美代子半信半疑，阿为作势要把体温计夹到腋下，突然又扭捏了起来，说：“有年轻女孩在场，我会觉得不好意思。你去那边等我吧。”

“刚才那次怎么不害羞……”美代子无奈，只好走开。

赶走了美代子，阿为开始努力让自己的体温升上来，又是揉来揉去按摩腋下，又是把体温计放到嘴里“啊哈啊哈”地呼气，又是偷偷地打开电灯，把体温计放到下面烤，那奋发图强的劲头简直让人感动得几乎掉泪。

一番忙碌总算没有白费，阿为累得浑身大汗淋漓，终于让体温计的读数变成了三十八度三。阿为舍不得回到自己的小屋，想在这里再过上两三天舒服日子，所以感冒如果好得太快就不太妙了。不过，样子总还是要装的。周平临去补习学校前曾过来给阿为送换洗的内裤，阿为便故意作出一脸愁容，对着周平诉起苦来："住在这样的家里可真是令人着烦呢。你说我在这睡得好好的，一会儿过来问'冷不冷？'，一会儿又'泡了茶你想不想喝？''晚上的杂烩粥想吃鸡蛋的还是柴鱼的？''是不是出虚汗了？'哎哟，烦都烦死了。"

"他们就是喜欢瞎操心。"

"关心得有点过头了。"

"你终于体会到了吧，阿为哥。"

"住在这样的家里可是难为你了呢，小周平。等回去了，我就能舒舒服服想干吗就干吗了。"

周平叹了口气说，真羡慕你，然后在阿为枕边留下两本漫画，出门上学去了。阿为的枕边还放着静江借给他的呼铃。那是从瑞士带回来的纪念品，本来是用来系在牛脖子上的，只要"叮铃叮铃"摇一摇这个铃铛，里子或者美代子就会匆匆跑过来问："怎么了，有什么事？"岩老和花店老板"花熊"来看望他时，阿为曾经拿出铃铛向他们炫耀。

"你看我这不正躺着吗，只要摇一摇铃铛，老板娘的白色足袋或者美代子的袜子就会出现在我枕头边。"

"你可别从下面乱看。"岩老一边促狭地笑着提醒他，一边跟他讲解，"你这是跟当年江户城的'大奥'一个样了，所谓的'御铃廊下'就是这个样子的。不管将军突然冒出什么想法，只要'叮铃铃'摇响铃铛，即便是深夜，值守的女官也会立刻飞奔过来：'将军大人……'"

阿为更加得意忘形了。

“摇铃一下，过来一个小姑娘。”

“摇铃两下，是个半老徐娘。”

“摇铃三下，是妙龄女郎。”

“摇铃四下——”阿为和岩老一唱一和聊得兴起，不知不觉“咣当咣当”摇起了铃铛。引得琴奶奶过来问：“有什么需要吗？”两人才被吓得一起闭上了嘴，谈话也就此打住了。

在这里住了一天以后，已经能够大体感觉到家里的氛围了。

那一次因为静江挑明想嫁给那个在石材公司工作、带着个孩子的单身男人上条，贯太郎大发雷霆，父女两人闹得几乎势不两立。阿为当时也在场，耳闻目睹了前因后果。后来每次上条来给店里运送石材的时候，整个家里都会弥漫着紧张的气氛。几乎能够听到里子和美代子都在心里暗暗祈祷：“上条先生，可千万别说出顶撞贯太郎的话啊。”这一天，贯太郎仍然是一言不发，爱理不理，只有静江落落大方，举止自然。不过即便如此，两人能聊的话也有限。

“小守最近好不好？”

“嗯……还好。”

“最近又有流行感冒了，阿为就害了感冒，正在屋里躺着呢。上条先生也一定要注意啊。”

“谢谢。希望阿为能快点好起来。”

不过，就是这样两三句而已。这样的恋人在如今这样的时代实在少见得很。虽然有父亲反对的内情在，但家里有了恋爱的人，不知不觉平添了几分热闹气氛。美代子也是心情愉快，向阿为开起玩笑来：“阿为，怎么来看望你的人里一个女孩都没有。”

阿为尴尬地清清喉咙，装作没有听到。

“美代子你肯定也有很多心事吧？”

“嗯？为什么这么说？”

“因为这个家里只有你是外人啊。”

“可能吧……不过无论老板还是老板娘都时常跟我说，我是这个家里的一员。”

“美代子，拜托帮我收一下晾着的衣服。”里子叫美代子过去帮忙，声音里听不出一丝见外。

“马上就来——”

天马上就要黑了，外面传来了豆腐店送豆腐的喇叭声，那声音懒洋洋的，优哉游哉里透着惬意。里子又说：“收完衣服帮我跟送豆腐的说一声，请他直接放到厨房这边就好。”

美代子似有意无意地瞥了一眼阿为，用比平时更加甜美的声音答应了一声，快步跑了出去。喇叭声拖着长长的尾音飘到阿为的耳朵里。厨房里传来了刀和案板的细密声响，又飘出阵阵炖煮食材的香气。这久违的充满家庭温馨烟火气的傍晚，阿为把自己蒙在被子里。

周平的屋子里亮起了灯，那是阿为进来，打开了台灯。家里其他人吃完晚饭，正聚在楼下的客厅喝茶。阿为四下看看，戴上周平的拳击手套，模仿了几个泰拳的动作。又好奇地戴上美式足球的头盔试了试。抱起吉他摆出一副摇滚歌星的架势。又举起不知是什么比赛的奖杯，一脸满足地四处飞吻。这些东西对他来说宛如闪闪发光的宝物，都是他的人生中所无处觅得的宝物。阿为在桌子上坐下，随手拿起一本英语字典翻开念起来："意——挤——挤（EGG）[31]。爱——古。鸡蛋。卵状物。手榴弹。"

读到这里，突然想起儿时吃过的美味生鸡蛋。每天早上母亲会打一个生鸡蛋，浇上浓浓的酱油，几乎让鸡蛋变成了茶色，再均匀地分成三等份给兄弟三个浇在米饭上。想起了刚下的鸡蛋那温暖的味道。说起温暖，莫名其妙地觉得这个家里连廊下都充满暖意，似乎连柱子和墙壁都有了生命一般，难道这就是所谓家的感觉吗？

突然，楼下又传来了贯太郎的怒吼声："什么！你再给我说一遍试试！"

原来大家正和平时一样热热闹闹聊天喝茶，周平突然提出要搬到外面租房住，惹怒了贯太郎。

"我不想到明年这个时候再找这样的理由为自己辩解——因为静不下心来看书才考不上之类的——我不想这么着。"

31　EGG，日文为エグ（egu）。

“你这是任性的混账想法！”

“我倒是差不多能理解周平。哪怕是个小得转不开身子的屋子也好，周平想要的是个能独处的环境，我觉得也不是不可以啊。”

“静江！女孩子除非结婚出嫁，否则休想离开家门。你别做美梦想着跟周平有样学样！”

“他爸，静江又没说要出去住，你扯上她干吗？”

贯太郎对里子的圆场充耳不闻，自顾自地继续发泄着怒火：“总之，出去租房就不是正经人该干的事！说不定他还会带女人回去呢！”

“我不是为了那个啦。就是在家住太容易分散注意力了，什么‘下来吃饭了’‘喝不喝茶’啦，甚至早上没起来和大家一起吃早饭都会被骂一顿。这让我怎么安心通宵看书！”

“你说什么？！”贯太郎本来就是一副要揍人的架势在怒吼着，听周平这么一说，立马就要冲上去动手。好在有里子拦在中间。

里子一边吃力地拦着贯太郎，一边给周平讲道理：“周平啊，就算你出去租房学习了，顶多也就是租个鸽子蛋大小的木板房，根本就不隔音。邻居看电视啊，小孩子哭闹啦，都跟在你耳朵边似的……”

“陌生人吵闹我不当回事，但是家里人一烦我，我就会急躁得受不了。”

“你的混账话还有完没完！”

里子无奈又用家里财政紧张对周平晓之以情，希望他能回心转意：“家里已然是过得紧巴巴的了，实在是没有余力在外面给你租房了。”

“废话，他自己没长眼睛，看不见吗！”

“钱我会还给你们的。”

“什么？！”

“房子你们先帮我租下来，等我工作了再从工资里还给你们。这样就没问题了吧？”

“混账东西！”贯太郎刚要动手，话音未落周平却已被打倒在地，众人定睛一看，是阿为一脚踹开门冲进来暴揍周平。

“你……你干什么？”

“实在听不下去了，当着这么多人的面，你说的那叫什么混账话！你这个被惯坏了的小混蛋，今天非得好好教训教训你！”阿为嘴里说着，跟周平扭打成一团。包括贯太郎在内，一家人都看傻了，只能手足无措、七嘴八舌地劝着：“阿为，怎么回事啊！”“赶紧、赶紧住手！”

周平一边还手，一边嚷嚷：“阿为哥，跟你有什么关系，你给我住手！”一边想把跟他扭打在一起的阿为推开，但不料阿为如同牛皮糖一样紧紧黏着他，就是不松手，嘴里还在继续教训着周平：“周平！你这混蛋！身在福中不知福！家里人叫你吃饭喝茶你都嫌烦，真是让人笑掉大牙！”说着说着，阿为的声音变成了哭腔，“呜呜呜”像哭又像笑，“周平！你这混蛋，一说学习你就有理了是不是！一说学习你就骄傲得不知道自己是谁了，是不是？”阿为掐住周平的脖子冲他吼道。

“阿为，到此为止，你就饶了他吧。”里子出声阻止，阿为一向比较听她的话。

但是贯太郎却一把推开里子，对阿为说：“继续教训他，不许停！”

“周平，你这小子没挣过钱不知道生活有多辛苦。你尝过口袋里只有一点可怜的零钱，数多少遍才敢进去吃一顿饺子、米饭套餐的滋味吗？你尝过下着大雨的傍晚回到阴暗的小公寓，只有自己孤身一人对着昏黄的灯泡的滋味吗？你可知道我多想像你这样有人做饭有人送茶，你可知道连个嘘寒问暖的人都没有有多么……有多么……”阿为呜咽地说着，却被眼泪哽住，再也说不下去了。琴奶奶拿出自己脏兮兮的汗巾递给他。

美代子也落下泪来，从围裙口袋里拿出自己的绣花手帕向阿为递去。阿为左右犹豫了一下，接过美代子的绣花手帕，重重地擤了擤鼻涕，然后踉踉跄跄地走出门去。周平、贯太郎，每个人都细细想着自己的心事默然而坐。

里子端着热气腾腾的红茶来到阿为的房间，却发现阿为已不见踪影，只有被子和棉袍叠得整整齐齐。静江也因为担心跟了过来。

“阿为已经回去了呢。”

“他的烧已经退了，本来想着再留他住一晚，休养一下，却没想到闹出这样的事来，‘阿为’真是可怜呢……”

说话间里子注意到一个高大的身影站在门外的走廊下，是贯太郎。贯太郎对着已经空的屋子默默看了一会儿，然后转身离开了。

岩老正在房间里迷迷糊糊地睡着，却被阿为吵醒了。他正赌气似的铺着被子，还哼着不知名的歌儿。

“你这小子，不是还要在那边叨扰一晚上吗？”

阿为嘴里哼的调子越来越欢快。

“住在‘大奥’里是什么感觉？”

“不怎么样，麻烦死了。连用个筷子都要被说用得不对。也亏得大家能那样住下去。”

阿为穿着衣服，囫囵钻进被窝，嘴里依然哼着那首童谣。岩老沉默半晌，忽然说道：“你小子也赶紧成个家吧。”

阿为翻了个身，似乎眼角竟带着泪花。岩老静静地看着他，无言地帮他把被子掖好。即便是在睡梦中，阿为仍然在哼着那首童谣，那声音听起来竟如同哭泣一般。

捕鼠风波

这一天，贯太郎一大早起来便遇上了坏运气。当他像平时一样，在神龛前恭敬地拍手拜神时，突然发现供品有被什么动物啃过的痕迹。

“难道家里进老鼠了？”里子搬了把椅子过来，踩上去把神龛挪开，“哎呀，全是老鼠屎呢！”

里子挪动了神龛，上面的老鼠屎“啪啦啪啦”地掉下来，正砸到贯太郎头上。

“笨蛋！干吗呢你！”贯太郎一边抖着衣服，一边呸呸地往外吐。老鼠屎似乎不只砸到了身上，还掉进了嘴里。

“这么多老鼠，得赶紧捉一捉。”贯太郎说。

“哎哟，平时一说捉老鼠，你可是立刻就变了脸呢：‘那可不行，老鼠这么可怜，我可下不了手。’”里子白了贯太郎一眼，吐着吐舌头做鬼脸取笑他。

“混账！大早上的你这是什么表情！”

“对不住了您呐！”里子看丈夫真生气了，就忍住笑道了个歉。

贯太郎最讨厌老鼠。

“与其说是‘讨厌’，不如说是‘害怕’更贴切一些。”静江给在一边帮忙的美代子解释。

“真的吗？”美代子不敢相信。

“当然是真的，还不止呢。像毛毛虫啊，蜘蛛啊什么的，不管大小，只要一看见就会‘啊！’的一声尖叫起来，把人吓一跳。”

"真是难以置信。'

"听说大个子尤其容易胆子小呢。"

"静江小姐最害怕什么东西？"

"我爸……"静江笑着回答。虽然贯太郎对自己的恋人上条仍然不假以辞色，静江依然还是深爱着自己的父亲。

老鼠引发的骚动也蔓延到了早饭的餐桌上。琴奶奶正像往常一样抱着碗香甜地往嘴里扒着饭，突然"啊！"地惊叫了一声，把嚼了一半的饭从嘴里吐出来，用手接住，仔细观察起来。

"老鼠屎……"

一桌人不约而同地露出了嫌弃的表情。

谁知道琴奶奶面不改色地观察了一下宣布："原来是黑米而已，还以为是老鼠屎呢！"

"奶奶——，脏死了。"周平忍不住想提醒奶奶，就伸手拽她，琴奶奶不甘示弱地还击。

"哎哟，这哪儿脏了，不小心吃进老鼠屎去才叫脏呢。"琴奶奶若无其事地仰头抬手，把吐出来的饭放回嘴里，继续香甜地大嚼起来。

一家人刚要松一口气，又被琴奶奶一番话说得紧张起来，忍不住偷偷低头观察自己碗里的饭，都怕"一不小心吃进老鼠屎去"。本来就被老鼠吓得无精打采的贯太郎更是没了胃口。

琴奶奶幸灾乐祸地继续逗弄自己胆小的儿子，嘴里唠叨个不停，哎呀这几天老鼠实在太多，在天花板上“扑通扑通”地吵个不停，必须得捉一捉了。说完心满意足地示意帮她添饭。

“捉老鼠简单，捉住以后怎么处理可是让人头疼呢。”

“你们爷爷在世的时候，捉住老鼠就扔进水桶里淹死。有的没淹死就会游上来，嘴里还‘吱吱’直叫。‘啊，还活着呐’，接着再扔进去。”

贯太郎忍无可忍，终于爆发了：“吃饭的时候说这种事恶心人！没别的话说了吗？”

一家人谁也不再开口，默默地扒着饭。突然琴奶奶又是“啊”的一声惊叫，里子赶忙探身问：“吃到老鼠屎了吗？”

“不是，就是一小粒黑石头而已。”

坐在她身边的周平也忍不住了，一边嫌恶地用胳膊肘想把她支开，一边大声说：“奶奶——，你就脏死了！”

若在平时，琴奶奶非但不以为忤，反而会乐在其中地跟周平斗嘴：“三寸高的小人儿嘴巴倒利索！”或者说：“你这寺内家的小兔崽子，没大没小！”但今天她似乎情绪不高，一本正经地向周平解释起来：“哪个老人干净，刚出厂的时候肯定是崭新崭新的，用了七十年哪里还干净的了，人也一样。”

“但是也要适可而止。”以往从来不加干涉的贯太郎突然严厉地接起话来，“毕竟是跟大家伙儿一起生活，少邋遢点也就少招人嫌弃些。”

“承蒙您指教！”琴奶奶煞有介事地低头拜过，气鼓鼓地祭出惯用的杀手锏，“里子啊，从今往后我就住自己屋里不出来讨人嫌了。”

里子刚要张口劝慰，天花板上却传来了老鼠跑动的声音。

“哎哟哟，连老鼠都气得坐不住了。”琴奶奶抬起头来，看着天花板，小心翼翼地把手罩在饭碗上护着。

贯太郎也赶忙学着琴奶奶护住自己的饭碗，然后对周平下命令：“你！限你今天把老鼠给我解决掉！”

“我才不，老爸你自己捉吧。”

“你爸要是上去，别说天花板，房子都得压塌了。”里子一句话让大家都笑出声来。

“我还要复习呢，我不想去。”

“稍微有点事就把复习挂在嘴边当借口。把你听着音乐发呆的工夫拿出来就足够捉老鼠了！”

“妈——，我要喝茶！”周平对贯太郎的训斥充耳不闻，转而向母亲要茶喝。

看到周平这副惫懒的样子，再加上被老鼠搅得心神不宁，贯太郎的火气再也压制不住了：“这样的混账东西，还给他倒茶！”

听到这样的话，周平的犟脾气也上来了，继续冲里子喊道：“妈——，我要喝茶！”

贯太郎一把打掉了周平手中的茶杯，怒吼着冲他训斥道：“混账东西！你以为是谁养着你吃、养着你喝！这么大人了天天在家啃老！家里的活儿不见你帮忙不说，还拿你妈当用人使唤！你说你有多混账！”

“等等！这是你第二次说养着我吃喝这样的话了，我问你，父母养孩子是不是天经地义？”

“什么？！”贯太郎始料不及，被噎得说不出话来。

“嫌养吃养喝麻烦，当初别生孩子不就行了。”周平侃侃而谈，继续着自己的歪理邪说。

“混账东西！这种大逆不道的话你也说得出口！”

“有什么大逆不道的，我可没拜托你把我生出来。”周平话音未落，已经被贯太郎一脚踹到了门外边。

“可恶……”正在周平不甘心地站起来，作势要冲父亲扑过去时，突然感觉被一只手摁住了肩膀，接着身后便传来了岩老的声音：“一大早什么事这么热闹啊？”

“岩老……你……放开我！”周平用力挣扎着，却挣不开分毫。岩老虽然瘦瘦小小，还没周平的肩膀高，但常年凿石头练就的力气却大得惊人。岩老一边若无其事地和众人打着招呼，一边像老鹰捉小鸡一样轻松地按住周平让他动弹不得。和他们一家人共同生活多年，这样排解纠纷对岩老来说已经成了常态。岩老今天正要和阿为一起到佃岛[32]去出工，出门时正好路过主院。

“我一早便想过去看看来着，拜托您了，岩师傅。”贯太郎

32 指位于东京都中央区南部，隅田川河口的小岛。

冲岩老微微点头。

岩老拍拍胸脯，冲他示意包在我身上，却不想脚下不稳，不由踉跄了一下。这时琴奶奶正好出来，赶忙过去搀扶。

“啊呀呀，岩老头你也上年纪了呢。”

“哪儿的话，早着呢！”岩老好整以暇地擤了擤鼻涕，表示自己老当益壮，袖子上却不小心沾到了鼻涕。

“你可真是邋遢，擤起鼻涕来‘哧’的一声。”琴奶奶埋怨地说着，从灰色的围裙里掏出纸巾帮他擦拭袖子上的鼻涕。

“岩老啊，”琴奶奶一边擦着一边唠叨着，“你要想和年轻人一块儿工作的话，可得干净点呢，要不然可是会招人嫌弃的。”把贯太郎的话现学现卖了一通。

岩老装作没有听见，伸了个懒腰，冲周平笑了笑：“天气真好，这样的天气总会有好事发生呢。”说完，摘下自己的毛线帽子，甚至连眼镜都摘下来，恭恭敬敬地向客厅里的贯太郎辞行：“东家，那我就先出去了。”

岩老让阿为背上工具，自己穿着带有“石贯”字样的短上衣，缩着肩走出门去。那背影让人肃然起敬——这就是五十年如一日，雕刻石狮技艺日本第一的岩老——“石狮”岩老。

快到正午时，岩老的儿子仓岛和雄来到“石贯”拜访。正好里子出去买东西不在家，琴奶奶也跑到对门“花熊”那里串门，主屋里就只剩下美代子。

仓岛和雄大约三十岁，一副整整齐齐的上班族样子，在客厅里和贯太郎相对而坐，拿着一本小册子，低声讨论着什么。美代子正要送茶进去时，却听到屋里传来贯太郎低沉的声音："您的心情我也理解……"

"我也是认真考虑过现实情况以后……"仓岛和雄把小册子推到贯太郎面前，低头拜托，"请您无论如何都要帮忙。"

贯太郎抱着双手，抬头望着屋顶的一角，"嗯"地低声答应了一声，便不再说话。看到美代子端着茶走进屋里，贯太郎神色有些莫名的慌张，赶忙把一个小册子塞进信封，然后用雷鸣般的声音向美代子介绍："这位是岩老的儿子。"

"啊，岩老有儿子啊！"美代子惊讶地说，随即赶忙道歉，"对不起，说了失礼的话。"

想起岩老安慰自己时说，他也是孤家寡人一个，和我一样无依无靠，原来都是谎话。美代子这样想着，不由伤心起来。送完茶离开时，美代子听到贯太郎用不容商量的语气对仓岛说："仓岛先生，这件事还务必请让我再考虑一下。"

"那我就在回大阪前，再来拜访您一次。"仓岛说完，便告辞了。

贯太郎目送仓岛和雄远去，转头对美代子说："岩老儿子的事，对谁都不能说。"

"老爷，可是——"

"对岩老都不能说！"贯太郎扔下一句，拿起小册子，往办公室去了。

里子顺路买了捕鼠器回来。美代子一边帮着拆包装，一边装作若无其事地问道：“阿为也是单身一人，无依无靠吗？”

“不啊，他在乡下有一个哥哥，还有一个嫁出去的姐姐。”

“那岩老呢，他总是孤零零一个人的样子……”

“其实也是有的……”

“是女儿吗？”明知故问还怕人察觉实在是累人，但是又忍不住不问。

“是有个儿子……”

“但是岩老却告诉我他也没什么亲人了。”

“在岩老面前可不能提起他儿子的事，一提准生气：‘我可没那样的儿子。’”

“是不是很不争气？岩老的儿子？”

“正相反。据说他儿子是在大阪一家相当不错的公司工作，好像还是课长吧，总之是非常有出息。不过，好像是因为娶了一个有钱人家的千金才平步青云的。依岩老的脾气，自然是看不惯。”

“原来如此，所以才说他自己也是孤家寡人一个啊。”美代子正想接着旁敲侧击问下去，琴奶奶过来催着开饭：“该吃午饭了！”谈话只好中止了。

贯太郎向来是一过午就饿，一饿就要发脾气。多年来里子已经熟知这一点，所以赶忙准备午饭，手忙脚乱得忙成一团。

这时静江走了进来说："爸爸今天有些反常呢。"原来今天贯太郎一反常态，一副无精打采的样子，甚至说连午饭都不吃了，所以静江有些费解。里子到车间一看，发现贯太郎正站在石狮子旁边发呆，一副若有所思的样子。问他怎么了，贯太郎却坚持说没什么。

"连午饭都不吃了还说没什么，你以前什么时候落下过午饭？"

"我也是人，偶尔一顿不想吃也很正常吧！"

两人正说着，阿为跑回来取东西，平常看到这种事，贯太郎肯定是破口大骂："整天迷迷糊糊干什么呢！"说不定还会动手教训一番。可是今天，贯太郎看着战战兢兢的阿为却只是说了句："拿了东西赶紧回去帮忙！"然后再没说什么，让里子和阿为面面相觑。

琴奶奶断定贯太郎的消沉是因为夫妻关系出现了问题，就劝里子说："你们现在可不是吵着离婚的年纪了。"因为静江也在场，琴奶奶的话让里子窘迫不已，而且莫名其妙。琴奶奶自顾自地接着说："那话怎么说来着——夫妻就算死了，化为灰烬也不分开——好像是水户黄门[33]的母亲说的。"

"是大冈越前[34]的母亲说的吧。"

---

33 即德川光圀（1628—1701），德川家康的孙子。水户藩大名，重用朱舜水，政绩卓著。

34 即大冈忠相（1677—1752），江户时代中期的幕臣、大名。因为曾任越前守，所以又被称为"大冈越前"。

“都一样啦。”

“我也是记不清了。”

“工作顺利，也没欠外债，贯太郎却这么无精打采的……”琴奶奶咬了口红豆馅年糕，又小心翼翼地顾左右而言他，抱怨了一通物价飞涨，才又回到正题：“里子啊，我其实一直很放心的。男人们因为这啊那啊的一些小事动不动发脾气，从来不藏着掖着，这是好事，说明家里人关系都很好，你说是不是啊？”

“那他今天突然这么无精打采——”

“还不如动不动就发脾气让人放心呢！”

这时周平正好回来，就插嘴说会不会是得了“中年期忧郁症”。“给他弄点什么药吃吃吧，”周平说，“看看能不能治回来。”

琴奶奶突然笑出声来，说：“这就是所谓的切阑尾放屁啊。”让大家一头雾水。“据说做完阑尾手术之后，如果病人‘噗’的一声痛痛快快地放出屁来，就说明手术成功了。”琴奶奶补充道。

“那故意惹他生气，让他发一通脾气怎么样？”

“发完脾气估计也就没事了。”

“问题是谁当这个倒霉蛋去故意惹他呢？”琴奶奶嘴里这样嘟囔着，眼睛却望向周平。

周平打了个响指，站起来说：“包在我身上吧！”

贯太郎的样子愈发的奇怪起来。周平把女友真由美硬拉到家里，故意勾肩搭背地在贯太郎面前走来走去，手里还拿着一根五颜六色的大棒棒糖吃得津津有味。但贯太郎只是抬头瞄了他一眼，然后继续自顾自地雕石头。若在平时，肯定早就吼开了：“闭上嘴也没人当你是哑巴！”今天却只是说了句“一边呆着去！”便不言语了。

琴奶奶也在想方设法惹贯太郎发脾气，过来运送石料的上条正好送上门来，琴奶奶便一把抓住他要他帮忙修吊桥。

“没得到寺内先生的允许，我不好进去的。”上条很是为难。但琴奶奶不管这些，不由分说硬把他拉了进来。静江在一边想阻止，琴奶奶凑到她耳旁小声说：“反正他迟早也得进家门，正好用这事治治贯太郎的怪病，惹他发发脾气，一举两得。”

上条虽然不善言谈，但对老人向来是耐心又体贴。琴奶奶在一边喋喋不休地给他解说吊桥的构造，上条也没有丝毫不耐烦的神色，专心调整吊索的位置。贯太郎突然走过来，让里子和美代子心里一阵紧张，琴奶奶却生怕他听不见似的，故意大声说：“上条先生真是个好人呢，静江真是有福气！”

静江赶紧跑到贯太郎面前解释：“爸爸，是我拜托他来帮忙的。他说没您允许，不好过来，但是被我硬拉着……”

出乎意料地，贯太郎没有发脾气，只是伸手拨开静江示意她不要挡路，然后冲上条稍稍点了点头：“老人太任性，辛苦了。”贯太郎对家里人惊讶的目光浑不在意，又转向琴奶奶，说道：“大家都为你这么尽心尽力，可得好好谢谢人家。”说完便又往车间走去了。只是不知为何，贯太郎远去的身影看起来如此落寞。

琴奶奶对里子说："里子啊，这次可是不一般呐。"

"早上起来还好好的呢。我买完东西回来就变成这样——美代子，是我不在的这段时间发生了什么事情吗？"

都是因为岩老儿子的事——美代子想到了原因，但是贯太郎下过封口令，只好否认说："也没有什么特别的事……"她不善说谎，拼命地控制自己不要露出马脚。

贯太郎坐在办公室的桌子上，时不时地从抽屉里拿出那份小册子看一看，叹息一声。琴奶奶走进来，爱怜地抚摸着贯太郎胖出肉褶子的后脖颈，叹道："真跟你死去的老爹一模一样呢……"贯太郎扭动脖子想躲开，琴奶奶却不放开他："正是和你一样年纪的时候，你老爹在铁路另一边那家小料理屋勾搭上了个情人……"琴奶奶压低声音，竖起小拇指一副过来人的得意神色，"如果是这方面的烦恼，没办法跟里子讲，就跟老妈说说，我来帮你瞒着里子料理掉怎么样……"贯太郎一言不发，拨开琴奶奶的手，站起来走了出去。

"你倒是说句话啊！"琴奶奶一边抱怨着，一边坐下，无意中打开了手边的抽屉，看到里面的东西一时惊呆了。接着又笑了起来，原来如此，原来是因为这事贯太郎才闷闷不乐——抽屉里的小册子是伊东老人公寓的宣传册和申请表。

琴奶奶突然格外地想见岩老。走到车间看看，却只有贯太郎一人，在薄暮的昏暗里独坐无言。哦，岩老出外工去了……琴奶奶终于想起来。她走过去拍拍贯太郎的肩膀：“你这孩子啊，该说你是心眼太好呢，还是心眼太小，这么点事就无精打采的。”琴奶奶“啪嗒啪嗒”地在屋里来回走着，又对他说：“你不用担心，没人会因为这事恨你的。”贯太郎却专心凿着石头，仿若没有听见。

自此琴奶奶的样子也变得奇怪起来。

里子在厨房一边剥着洋葱，一边转头对琴奶奶说：“晚饭的小菜是您爱吃的鲷鱼片呢。”

谁知琴奶奶却没半点高兴的神色，反而说：“里子你不用这么费心——哎，算了。反正我在这儿也待不长了，谢谢你尽心尽力照顾我。”接着又极为正式地说：“一直以来，承蒙你照顾了。”

“妈妈你这是怎么了，突然说这种话？”

“午睡时间太长，睡得迷糊了吧。”周平喝着水，像往常一样出言戏弄奶奶，结果惹下大祸。话音未落，琴奶奶便突然落下泪来。

“奶奶你可真机灵，没剥洋葱也能跟着装相掉眼泪。”周平丝毫不觉异样，继续没大没小。琴奶奶涕泪模糊，沾得满脸都是。鼻涕眼泪混成一团，沿着琴奶奶满是皱纹和老人斑的脸颊淌落下来。

“奶奶——，脏死了！”周平又抛出平时的口头禅，想引得奶奶跟他嬉闹，却没有等来意想中的反击。琴奶奶居然出乎意料的平静："奶奶就那么邋遢，让你连饭都不愿意和我一起吃。"

听到这里，正在厨房切菜的里子不由得放下了菜刀，周平也缩了缩脖子，不敢继续放肆。

"你还年轻，但终有一天也会老的。"琴奶奶凄凉地扔下这样一句话，擤擤鼻涕，走出门去。回到自己的小屋时，用围裙袖子擦了擦眼泪——被偶像"朱莉"看到自己哭的话，形象可就毁了。琴奶奶走进屋里，做出一副开心的样子，站在偶像的海报前，打开了话匣子："等我搬到老年公寓了，就能坐着公共汽车，和你的其他粉丝组团去听你的演唱会了，你可要等我哦！"

强颜欢笑之后，琴奶奶终于再也忍不住，"哇——"的一声坐在地上大哭起来。

这天晚上，坐在饭桌旁的只有里子、静江和美代子三人。贯太郎说待会儿再吃，周平顾不上吃饭便跑到车站附近去买东西了。

美代子去叫琴奶奶吃饭，这时突然慌张地跑回来："奶奶好奇怪，正哭着收拾行李呢，还把这个送给我说留作纪念。"说完，扬了扬手中的旧梳子。

里子赶紧起身往琴奶奶的小屋这边走，静江更是着急："妈妈，咱们家是不是有抑郁症的遗传啊？"

"怎么会，别胡思乱想。"

"可是，你看父亲和奶奶都——变得这么不正常，妈妈你是不是有什么事瞒着我？”

“难道是因为……”美代子终于忍不住吞吞吐吐地说出来，“那个人来过之后，老爷就变得有些反常了。”

“什么那个人，谁啊？”

“岩老的儿子。老板娘你去买捕鼠器的时候他来过。”

“美代子你怎么不早说。还跟我说出去这段时间什么事都没有。”

“老爷叫我跟谁都别说的……”

“他为什么……”里子刚要说话，突然听到办公室里传来了吵架的声音。

“请恕我不能答应！”贯太郎面前放着老年公寓的小册子，与对面的仓岛和雄针锋相对，“我无法认同，即便是在感情上也完全难以接受。”

“寺内先生，请您也听我一言。我也想把父亲接到家里，可是他死活不答应。父亲和我那山手[35]长大的媳妇完全合不来。”

“我不是说过吗，就算是岩老的丧事也由我们家包了。”

里子、静江和美代子三人抵着头挤在窗户外面偷听。

“父亲也不止一次对我说这样的话——哪天我突然不行了，就在东家家里办丧事——但是于情于理这都不合适啊！”

“所以你就要把他送到老年公寓去？”

---

35 指东京的高地地区，与如今的东京山手线经过的区域有重合，在当地俗语中一般用于指代富人区，如“山手的大小姐”即富家女之意。

"我只是一个上班族，老年公寓的费用对我来说也并不轻松。只是觉得这是对父亲尽一份孝心才这样决定，还特意找的有温泉的老年公寓。"

"以岩老的脾气，根本不可能优哉游哉地住在那儿。"

"还请寺内先生务必答应，父亲也上年纪了，让他一直工作不放人，于情于理都是说不通的！"

"哪里不合情理！"

"不止如此，他还有神经痛，身体条件也不允许了。"

"岩老哪里闲得下来，不让他工作反而对身体不好。"

"但作为儿子我怎么能够安心！"

"岩老的丧事也由我们办，这件事到此为止了！"贯太郎拍拍身前的小册子，用不容分说的语气大声说道。琴奶奶也听到动静过来挤在里子她们后面偷听，看到这一幕，惊讶得张大了嘴，喃喃说道："原来如此，原来是岩老的……"

但是仓岛和雄也和他父亲一样顽固，对贯太郎掷地有声的话语充耳不闻："那样会给您家里添麻烦的。"

"我已经说过，我家一百个乐意！你不要再啰唆！"

"这样我在公司也说不过去，同事会怎么看我？"

"别那么虚荣！"

"这不是虚荣，我也是经过深思熟虑的！"

"深思熟虑到养老院去了？！"

里子看状况不对，便赶紧进来，把两人隔开，劝贯太郎说："毕竟是岩老的儿子，你说话也注意些。"

"你来掺和什么！这混蛋都要把老父亲往养老院送了！"

"那也轮不到外人来干涉！"仓岛和雄反唇相讥。未等他说完，贯太郎的巴掌已经上去了。里子死命拦着，拼着挨了贯太郎数计拳脚，好容易才把贯太郎拉开。美代子和静江也赶紧过来帮忙。贯太郎挣扎着，斜瞪着仓岛和雄，喘着粗气继续说道："我家也有老人，一个丧事也是办，两个也是办，不差岩老一个。"

仓岛和雄终于低下了头，不再坚持。"东家……"他的声音仿佛也哽咽了，"那我父亲，就拜托您照顾了。"

琴奶奶也抽着鼻涕，走了进来。

美代子差一点就哭出来了，她强忍着眼泪，故意做出高兴的样子对仓岛和雄说："你放心，岩老就交给我照顾吧。"却被琴奶奶揪住辫子无情地戏谑了一番："喂喂，人不大话倒不小哈！"

回到客厅里，贯太郎志得意满，宛如凯旋的将军。不过却是被里子、静江、琴奶奶，还有美代子——寺内家的女人们押回来的，稍有些美中不足，有损男人风度。为了掩盖自己的羞怯，贯太郎故意大模大样摆出一副骄傲的神情，静江搂着他的脖子撒娇："爸爸你真讨厌！害我们担心这么久。"一边拿拳头埋怨地打着父亲。

里子也戳戳丈夫宽阔的后背，说："就是呢，还对客人动手，真该罚你。"说罢手上又加了几分力气。

“哎呀，疼疼疼，你干吗？”

“要我说啊，大家都来算总账打他几下吧。本来说出来跟大家一商量就好的事，非要自己扛着，害别人担心！”琴奶奶也出声讨伐。

“美代子也过来打几下出出气。被他逼着不能说，最难过的就是你了。”里子冲美代子开玩笑。

美代子却当了真，走上前去，先低头道声“得罪”，然后像弹西瓜一样在贯太郎头上重重地弹了一下，那声音也真跟弹西瓜一样清脆。

“连美代子也动上手了……啊……好疼！”贯太郎嘴上喊着疼，声音里却透着高兴，“接下来该吃饭了！”说完便走到餐桌边坐下。

正在这时，周平回来了，嘴里还嚷嚷着：“真是越想找什么就越找不到，害我这一通跑！”

静江刚想问他找什么去了，周平突然把手里的不知什么东西冲贯太郎扔了过去。

“啊！”贯太郎惊叫一声，一下子从地上蹦了起来。原来周平恶作剧，冲他扔了一个橡皮老鼠玩具。这还没完，周平又接着扔了两三个老鼠玩具过来，最后手里还捏着一只玩具老鼠的尾巴在惊呆了的贯太郎面前晃来晃去。贯太郎又惊又怒，脸色都变了。

“混账东西，你这是干什么蠢事？！”

“啊，生气了，妈妈你看，老爸生气了！”

“你说什么？”

“周平，赶紧停手！”“已经没事了。”大家纷纷出声阻止，但周平正在兴头上，已经完全听不进去了。

“混账东西，敢戏弄你老子！”伴随着贯太郎的怒吼，不消说周平又挨揍了。

不过周平完全不在乎，被父亲揍得连滚带爬也不影响他继续说话：“啊！好厉害的拳头，妈妈，爸爸没事了！”

“叽里咕噜说什么呢！”贯太郎自然莫名其妙。

接下来，家里的众位女眷赶紧过来充当维和部队，护在周平头上，七嘴八舌地又是劝又是解释：“好了好了，打几下算了！”“已经没事了。”“是岩老的事情。”总算平息了这一天的风波。

岩老和阿为到很晚才出完外工回来。

“岩老，先过来喝一杯吧。”贯太郎给他倒上酒。

“岩老，吃点新鲜的鲷鱼片，刚做出来的呢。”

“岩老，地板上凉，垫个蒲团再坐。”

“岩老，我给您点烟！”

大家团团围住岩老，献着殷勤。

见此场景，阿为忍不住小声抱怨：“怎么问我的连一个人都没有，太厚此薄彼了吧。”

岩老嘿嘿一笑，给他倒上酒，说：“这啊，就是资格老的好处。”然后夹了一片鲷鱼片放进嘴里，看着众人都似笑非笑地盯着自己，忍不住觉得奇怪，“为什么大家都盯着我看？”众人赶紧把目光移开。

“鲷鱼片怎么没冷冻？”岩老咀嚼着鱼片问道。

“岩老真是有福气啊，什么都不知道，还在这儿摆谱。”琴奶奶故意大声说，里子赶紧使眼色阻止她。岩老“呸”的一声把鱼骨头吐出来。这一次周平没有抱怨“脏死了！”，只是偷偷捡起来扔到了烟灰缸里。贯太郎也没有说话，默默点上了一支烟。

萤之光

美代子在唱毕业歌。

新潟的高中礼堂里，美代子和穿着水手服的同学们一起高声唱着："仰之景之，师恩深重，求学数年，悠忽而过……"

站在美代子身边的胖姑娘加代抑制不住哭了起来。同学们的离愁别绪似乎一下子都被这哭声勾起，四下陆续传来啜泣声。美代子也早已泪流满面，任由眼泪滑过脸边，继续深情地唱着："时光迅疾，不觉而逝，蓦然回首，毕业在即……"

美代子哭得太过伤心，把自己哭醒了，原来毕业典礼只是一场梦。她侧头寻找枕边的闹钟，却发现闹钟不见了。急急忙忙起来时已经快七点了。

"对不起，没听到闹钟响，睡过头了。"美代子一边说着，赶紧挤进小厨房里帮忙。琴奶奶一看到她便迫不及待地嘲讽起来："哎哟，大小姐终于起来了。"

"这个季节就是容易睡过头。""年轻人贪睡很正常。"里子和静江纷纷帮美代子打圆场，琴奶奶却不为所动。不知是心情不好还是怎么回事，琴奶奶今天对美代子格外的刻薄，继续不依不饶地挖苦："现在的人们活得真是舒服呢，帮工的反而起得最晚，还只是笑笑就没事了。我们那会儿啊，睡过头了别说先得郑重道歉了，之后一整天都会内疚得吃不下饭呢。"

美代子张开嘴，举起筷子，正要往嘴里扒饭，听到琴奶奶的话，拿着筷子的手不由僵在了半空中。

"要是因为睡过头这么点小事就不吃饭，那还不得瘦死了。”贯太郎出声救场。

“我还是瘦些好。”

“什么话？年轻姑娘家就应该白白胖胖的，屁股胖得珠圆玉润的才叫好！”

“珠圆玉润哪有这么用的？”里子责备他。

“差不多就是这么个意思。总之呢，最近的年轻人都太瘦了，周平和静江也是，得好好吃饭，长点肉才行。”

“胖子总想着让别人和自己一样胖。”周平一句话把大家都逗笑了，气氛也随之缓和了下来。趁着这当口，静江问美代子决定学什么了没有。

“正在犹豫是学烹饪还是学裁缝。”

“美代子说想趁着四月的好时候，上夜校学点东西。”里子向琴奶奶解释说。

“那你想学裁缝吗？”静江问美代子。

不料贯太郎突然插嘴说：“这是男人的工作。”

里子听到不禁哑然失笑，教训贯太郎说：“女人也是有门技术才更有底气。万一老公英年早逝了，靠自己也能生活。”

“那就找个身体强壮的丈夫！”被里子反驳了一通，贯太郎早已火冒三丈，嗓门也大起来。

“越强壮的人可是越容易生病的。到时候懂做饭可没用，但有裁缝手艺总是能维持生活。”

“你们俩真是够可以的，现在就开始想人家美代子成了寡妇怎么办。真是让人大开眼界。”周平嘲笑完父母，又开始挑唆美代子去学没什么人报名的空手道、合气道什么的，遭到家人的一致反驳；琴奶奶放话说要是想学烹饪，那不用去外边，在家跟里子学就可以；静江建议美代子去学美容，让她十分动心。大家说得起劲儿连饭都顾不上吃了。美代子早已将睡过头引发的不快抛到脑后，沉浸在幸福当中——连老爷都在为我担心……

“那学费怎么办，全部都是家里出钱？”琴奶奶突然插嘴，冷冷地问道。

“大概就是美代子自己出一半，咱们家再出一半——你说呢，他爸……”里子怕美代子伤心，赶紧出声解释。

“美代子，接下来该准备文具了，笔记本之类的。”静江把话题引开，不想坏了美代子难得的好心情。

“我的活页本子送你。”周平说。

美代子的心已经飞向了学校：“上课的时候肯定会有提问吧，如果回答不出来该有多丢脸。还有，不知道有没有社团活动什么的。”话语里充满了期待。

“美代子可真幸福，真是赶上好时候了呢。”琴奶奶继续阴阳怪气地挖苦着。

眼见琴奶奶又要说让人不痛快的话，里子赶紧不动声色地把美代子支到厨房取东西。美代子答应一声，步伐轻盈，愉快地哼着歌走出去，琴奶奶依然在喋喋不休地嘟囔着：“那是‘女用’应该有的态度吗……”

“妈妈，如今都是叫‘帮工’了，您别再用那个词了。”

“真是时代不同了呢。”和美代子一样十七岁进入“石贯”，辛劳半个多世纪的琴奶奶，看到这些似乎心里总是不太痛快。

一番犹豫之后，美代子决定上烹饪学校学习料理。美代子出去买菜时，顺路领了入学申请表回来，正兴奋地拿给岩老和阿为看。岩老戴上老花镜一边捧着入学申请认真读着，一边向美代子表示祝贺：“咱们得好好庆祝一下。”

“不要啦，学校就在超市二层，小得很。”

“不管学校怎么样，入学毕竟是入学。”

“需不需我来做你监护人？”阿为摆出一副“大哥”的架势。

“抱歉，已经说好由老爷来做监护人了。”

“啊……这样啊……”阿为有些失望。

相熟的邮递员进来，冲他们示意“放这儿了”，然后把邮包放在石材上，转身离开了。“您辛苦了！”美代子回了一句，她今天情绪高涨。

拆开邮包，里面有封阿为的信件，不用看都知道，不是酒馆账单便是信用卡的催款通知。岩老和阿为收到书信的情形可以说极为罕见——甚至没有。另外有一个大信封是寄给美代子的，上面印着“内有照片”四个字，翻过包裹一看，映入眼帘的是久违的“新潟”和那个熟悉的名字——“下泽加代”。阿为凑过来瞧了一眼："新潟啊，是家里寄过来的？"

美代子手里拆着信封，用故作轻松的语调说："我可没有家了哦。"

岩老揪着阿为的耳朵把他拎到一边，小声教训他："你这笨蛋，不是都说了父母兄弟都不在了吗！"

"啊？！这下坏事了！"阿为龇牙咧嘴一脸苦相。

"是高中同学寄过来的。"美代子从信封里拿出一张照片来。照片上，三十几个高中生拿着毕业证书，举在胸前，朝气蓬勃，洋溢着青春的气息。

"哇！原来是毕业合影！"岩老和阿为都挤过来看。

"这时候是不是还得唱毕业歌来着，什么'景之仰之，施恩深重'之类的，是吧？"

"哇，町田老师！你们看他笑得多开心！看，这是道江同学，总是考第一，特别聪明，他家还是开干货店的呢。还有这个是竹井君，学习虽然不行，但是特别擅长倒立，班里谁都比不上他呢！还有……"

美代子正说到兴头上，阿为突然插嘴说："咦？美代子你站在哪儿，怎么找不到？"

"什么？"

"美代子你自己啊——"

"上面怎么可能有我！"美代子笑着说。

"啊？！这是怎么回事？"

“因为我压根儿就没去参加毕业典礼啊。”说完，美代子把照片漫不经心地往菜篮子里一扔，哼着歌往主屋那边去了。

“时光迅疾，不觉而逝，蓦然回首，毕业在即……”美代子哼唱的，竟依然是那首毕业歌。

岩老和阿为面面相觑，不约而同地说道：“原来如此，美代子是中途辍学的。”

走到里院的水井边时，美代子停下了脚步，嘴里也不再哼着歌，只是轻轻地从菜篮里拿出照片，出神地看着。她不由得又想起了早上的梦——那个唱着毕业歌的梦。

“美代子——”周平在叫她。

美代子急忙把已经滑下脸庞的眼泪擦掉，转头一看，周平和他的女友真由美正坐在走廊下，于是赶紧出声招呼：“欢迎——”

真由美从盒子里拿出一条巧克力，递给美代子：“吃不吃巧克力？”完全没有一点生疏和客套。

“啊，谢谢！”美代子接过来。之后三人就仿若比赛谁的牙口好似的，“嘎嘣嘎嘣”地放口大嚼起来.

“我觉得应该是1478年才对。”周平突然说道。

“是1492年！”真由美争论道。

美代子对他们说的完全摸不着头脑，便问道：“你们在争论什么？”

“法国历史上不是有个‘南特赦令’[36]吗，我们在讨论它的颁布时间。”

“啊，那应该是1598年才对。”美代子毫不迟疑地说道，飞快的反应连她自己都觉得惊讶。

周平恍然大悟，刚要赞叹，真由美已经赞叹了起来：“对！就应该是1598年才对！”周平一脸难以置信的神情看着美代子：“美代子好厉害啊！”

“我只是比较擅长记时间……”

“老天不公啊，我这要考大学的人记不住，美代子不用考大学却记得清清楚楚——”周平哀叹道。

“确实呢，美代子高中在哪里上的？”真由美促狭地打趣完周平，然后问美代子。

“……巧克力，谢谢了！”美代子没有回答，道完谢便匆忙进屋去了。

“她高中应该是在新潟读的吧？”

“乡下学校果然对历史时间教得更仔细呢！”

“嗯，确实。”

周平和真由美无心的话语传到美代子耳朵里，让她更加如芒刺在背。美代子觉得仿佛有块火炭卡在喉咙里，恨不得马上

36 又称为南特诏令、南特诏书、南特诏谕，法国国王亨利四世在1598年4月30日签署颁布的一条敕令。这条敕令承认了法国国内雨格诺教徒的信仰自由，并在法律上享有和公民同等的权利。

冲到自己的房间放声大哭，但在经过客厅时，遇到了正在喝上午茶的里子和琴奶奶。

“入学申请拿回来了？”里子问道，给美代子的红色茶杯里倒了杯茶。

“嗯，接下来只需要老爷在监护人那一栏盖上章就可以了。”

琴奶奶正香甜地嚼着草大福[37]，她往美代子菜篮里看了看，突然急切地问道：“美代子，我让你买的东西呢——怎么没买回来？”

“啊，什么东西？”美代子完全想不起来了。

“啊什么啊，线香，线香啊！”

“这下坏了！”

“是不是忘了？！”

“对不起！”

“自己的入学申请倒是忘不了，别人认真拜托你的事可是忘得一干二净呢！”

“我马上去买！”

“哟，劳您大驾专门跑一趟，那怎么行！”

“妈妈……”里子赶紧出声提醒，冲琴奶奶不断使眼色，想阻止她说下去。

谁知琴奶奶却不依不饶：“人家自以为是大小姐呢。”

“我没有那么想，我只是一个‘帮工’而已，这一点我有

37　大福，是一种用红豆做馅的日式糯米点心，外皮加入蓬草的绿色大福又叫草大福。

自知之明。”

“等等，麻烦再说一遍？”

“嗯？”

“你刚才说自己是什么来着？

“‘帮工’啊……”

“‘帮工’啊，现在都用‘帮工’这么尊敬的词了呢，搁我们那会儿，什么‘帮工’，就是一个女佣而已！”

琴奶奶刺耳的话语让美代子如鲠在喉，羞愤交加，只好紧紧咬着嘴唇，强忍着不让眼泪掉下来。

贯太郎拿着茶来到办公室，吩咐静江从保险柜里拿出了印章。那印章也如贯太郎一样，尺寸比普通印章大了一圈，令人印象深刻。

“文件，填好以后，在这儿盖章就行了吧？”贯太郎“哈哈”地冲印章呵着气，等着盖章。

美代子不知道自己是悲伤还是高兴，只觉得那团火炭仍然卡在喉咙里。

“咦？美代子，为什么是中途辍学？”正在填写保证人住址的静江突然惊讶地问道，“最终学历这一栏，为什么填的是中途辍学，美代子高中没有上完吗？”

“确实没上完。五月份母亲去世了，只好先借住在叔叔家，每天要帮他看店，忙得不可开交，所以就没去上学，休学一个学期。虽然公所的樋口先生也说，还有一个学期，应该回去上学……”

“这样啊……”

“现在想想，确实就算厚着脸皮也应该把高中上完的，不过说什么也都晚了。”美代子强打精神，用轻松的语气说，“填高中辍学太矫情了，不如就填初中毕业吧。”

“没必要闷闷不乐哦，至少你四肢健全，放轻松。”静江轻松地拿自己打趣，给美代子宽心。

填完表，静江站起来，拖着左腿走到父亲的桌前，把文件递给他盖章。贯太郎默默地盖好印章，两个女孩的对话刺痛着他的心。

午饭时，美代子倒味增汁时，发现自己的手在微微发着抖。从早上开始，她就想一个人躲起来哭一场，但是直到午饭也没找到机会，各种委屈仍然积在心里，堵在喉咙下面。千万不能出差错，美代子暗暗提醒着自己，把碗里一一倒上味增汁，然后摆好。

周平在抱怨菜不好："什么嘛，这素什锦明明是昨晚剩下的嘛！"

“午饭来不及一一重做，将就吃吧。”里子担心周平的抱怨会把琴奶奶的怨气也勾上来——她对菜色向来最为挑剔，便赶紧阻住周平，又夹了一块最大的素什锦给琴奶奶。

“我一吃油腻的东西就会犯困呢……”周平又接着抱怨，

还拿学习来说事。

“不想吃就别吃，大老爷们吃个饭还叽叽歪歪。”贯太郎斜瞪着周平训斥道。午饭前美代子和静江的对话让他心痛不已，看周平的样子也就觉得格外不顺眼。

“好像你自己不挑似的！什么甜的不吃啦，盐多盐少啦……”周平毫不忌惮贯太郎的目光，立刻反唇相讥道。

“别以为自己还上学就在家里成大爷了！有多少人想上学却上不起！你却在这里啃着老还恬不知耻地抱怨！”

“啃老怎么了？”

“你说什么？”

“我啊，我要是生来就没爹没娘，自然也会那么过。俗话说‘寒门出孝子’，生在穷人家我也自然会觉得对不住父母。可谁叫我生在普通人家呢，只好按照普通人家的孩子来了，这也是没办法嘛！”

“你真是不知羞耻！”

“不想吃就直接说不想吃，这有什么错！”

“混账东西！”贯太郎怒不可遏，就要过去揍周平。

里子赶紧拦住他，劝解道：“他爸，你不是也听到了吗，本来就学不下去，你再揍他一顿，今天就更没法学习了。”

“那就打到他学得下去为止！”

“他爸！”里子挡在贯太郎和周平中间护着周平，却重重地挨了贯太郎一耳光。

美代子再也忍不住，哽在喉咙里的火炭似乎一下子涌了出来：“老板娘！”她冲过去护住里子，冲贯太郎喊道：“老爷你在干什么，你疯了吗？”美代子压抑已久的委屈终于全爆发了出来：“一直都是这样，老板娘明明什么都没有做错，却总要平白无故地挨打，你对得起老板娘吗！”

贯太郎看着她，胸口仍然刺痛着。女儿和美代子的不幸、儿子的不争气，让他的心仿若被蚂蚁啮咬般刺痛着。

“哟嗬——，人不大，口气倒不小！”贯太郎竟似已无言以对。

“美代子别说了。”“美代子别生气，这不关你的事的。”大家纷纷出声劝慰。但这时美代子已经完全听不到了：“老爷，你把老板娘当成什么人了？”美代子继续质问贯太郎。

“大人的事轮不到小孩子来管！”贯太郎收着力气，把美代子推到一边。谁知转瞬间美代子又跳起来冲到贯太郎面前：“老爷！请你向老板娘道歉！磕头道歉！”

“混账！哪有男人向老婆道歉的！走开！”

“我不！请你向老板娘道歉！你如果不道歉，我就……我就……”美代子大口喘着气，一字一顿地说：“我就绝食！”

“美代子！美代子你这是怎么了？”里子也忘记了脸上的疼痛，抓着美代子的双肩摇晃着。

“美代子你不用绝食啊！”周平也劝她，但美代子只是咬着嘴唇一言不发，瞪了贯太郎一眼便走出门去。

就连一向强硬的贯太郎也没辙了，讪讪地嘟囔道：“这群混账，一个一个就会说些蠢话！”

美代子回到自己的房间坐下，拿出毕业照静静地看着，眼泪竟似已流干，只是身体不断发着抖。

这顿午饭大家都是食不知味。一家人一言不发地吃着饭，目光都有意躲开美代子空空如也的座位。

饭后喝茶时，琴奶奶突然笑出声来：“真有意思呢，‘磕头道歉！’，她是不是这么说来着？”

“妈妈您少说两句吧。”里子劝她。但琴奶奶置若罔闻，继续模仿美代子的口气说着风凉话：“‘你不道歉，我就绝食！’真是了不得呢，连我都忍不住当真了呢！”

“周平，你赶紧到二楼看书去！”里子把周平赶走，又歪着头，觉得有些奇怪，“就算如此，按说她也不至于对你发脾气，究竟是怎么回事呢？”

贯太郎剔完牙，把牙签吐到一边，说：“小孩子的赌气话，哪能都当真了！”

琴奶奶伸手把腌菜拿到跟前，说：“算了不用担心，肚子饿了自然就来吃饭了。”

“对啊，她现在正是能吃的年纪呢。”里子话音未落，美代子便进来了，让她吓了一跳。

美代子整整齐齐地扎着头巾，端着托盘走进来，若无其事地环视一周，说：“我来收拾饭桌。”

“美代子你还没吃饭呢。”里子说。

美代子一把夺过里子手中的碗，径自收拾了起来。

“哇！来真的了！”琴奶奶夸张地叫道。

“美代子，不吃午饭一会儿会饿的。”里子继续劝说道。

“我虽然不吃饭，但工作还是一样照干不误。”说完，美代子便不由分说地干起活来，琴奶奶咂咂舌头，小声冲里子说：“里子，看样子这孩子当真了。”

从下午一直到晚上，美代子干活的势头凶猛得吓人。她把家里的皮鞋都拿出来，摆在走廊前，一一擦拭干净，亮得能倒出人影。

“下定决心干啊，就要干到底，这才是女人之魂啊……”美代子哼着自创的劳动歌，干得更加起劲了。

“我能理解你的心情，但是呢……”静江过来劝她。

“我只是觉得这世界上不合理的事情太多了，如果谁都不说话，那就永远都不会变好。”美代子打断她说。这样静江也没办法再继续劝她。美代子又看了看想说些什么的里子，抢先说道：“老板娘，有什么活您尽管吩咐我干。我像平时一样干活，心情才能好些。”

贯太郎也走过来，听到美代子要求里子给她派活干，就又赶紧闪到一边去了。

“肯定是私底下偷偷吃东西了。”琴奶奶说，却被周平嫌弃了一番：“奶奶你这叫什么话，美代子不是那样的人！”

岩老悠闲地喝完下午茶，看到美代子戴着红头巾，哼着歌正要出去跑腿，便叫住了她：“抱歉，给我添杯茶——”说完还歪着脑袋打量一番，“这身打扮还真是适合你呢！”

“讨厌——”美代子赶紧取下头巾。

“听说你罢工了？”阿为也凑上来问，“我还以为你是什么工作都罢了呢。”

阿为叽叽喳喳、语无伦次地向美代子表达着关心爱慕之情，却冷不防吃了岩老一记爆栗，只好讪讪地捂着头退到一边。岩老飞快地朝四周扫了一眼，然后从腰间脏兮兮的蛙嘴小钱包里掏出一张一千日元的钞票，塞到美代子口袋里，说：“在外面吃个亲子饭[38]再回来。”

美代子十分惊讶，随即把岩老的手挡回去，说：“您的好意我心领了。”然后深深地鞠了一躬，步伐坚决地往主屋去了。

里子坐在客厅，看到美代子把拖鞋都要踢掉了似的快步走进院子，便惊讶地问：“怎么了，忘带什么东西了吗？”

“对不起，还是老板娘亲自出去跑腿吧，我出去的话会有在外面偷吃东西的嫌疑，那样我会很难办的。”说完，美代子把菜篮和钱都放在了桌上，“在没达到目标之前，就请让我在家里干活吧。”

---

38 又称滑蛋鸡肉饭，以鸡肉、鸡蛋、洋葱等覆盖在饭上制成的日式盖饭。因为主料是鸡肉和鸡蛋，所以叫做“亲子饭”。

然后，美代子便走进厨房干起活来，一边还唱着：“听吧！万国的劳动者们！”

离五一劳动节还有一个月，但对美代子来说，已经是提前到来了。只是，后面的内容她完全不会唱，只好像复读机一样，来回唱着这一句没完没了。

“我喝口水！”仿若宣示着什么似的，美代子大声说，然后“咕咚咕咚”地大口喝着水，“只喝水不吃饭人也能活十天，书上说过的！”美代子赌气似的大口喝着水，却不小心被呛到了。里子赶紧上前帮她拍着后背。

“美代子，你这么担心我让我很高兴，可是不管怎么说，这么空着肚子干活也太伤身体了，万一你累出个好歹来，我可怎么向你父母交代。”

“老板娘，”美代子听完，却突然转过身来说，“如果父母还在的话，他们是不会让我来别人家做帮工的。”说完便快步走了出去。

琴奶奶不知道什么时候也过来了：“里子你也真是够辛苦的呢。”

“她正是能干的年纪，我可是不行了。”

“这也正是你的优点呢。”不知道为什么，琴奶奶一副很高兴的样子。

捶背的时候，更能感觉到空空如也的肚子在抗议。

美代子给琴奶奶捶着背，一边闭着眼睛，对抗着厨房里传来的油炸食物的香气。

“闭着眼睛也还是一样能闻得到气味的哦。”琴奶奶仿佛早已看穿了美代子的纠结，继续捉弄她，“可是捂上鼻子呢，又会没办法呼吸，真是难办呢。”

美代子一言不发，继续“咚咚”地帮她捶背。

“美代子啊，就个头来说，你还是个孩子呢……”

“大概吧。”

“但是你要知道，贯太郎冲里子发脾气的时候，”琴奶奶声音转小，冲美代子絮絮叨叨地说道，“是不能用常理衡量的。在人前凶得不得了，在人后再低三下四找补回来，对夫妻来说这是常事。我年轻那会儿也是这么过来的。只有孩子才会拿这种吵架当真。”

美代子突然重重地捶了一下便停住手，说：“已经够十五分钟了，我先去干别的活了。”说罢便起身要走。

琴奶奶叫住她，问：“你是什么时候到家里来的？”

“一月十六号。”

“我当年是十二月呢，临近新年的时候。”琴奶奶仿若在说着别人的故事，无比平静，“那天晚饭吃的是山药泥。我虽然最讨厌吃山药泥了，却还得强忍着说很喜欢，躲进厨房闭着眼睛囫囵吞下去。给人家当女用真是难熬呢，那时候经常忍不住这么想。”

说完，琴奶奶又自言自语地埋怨自己怎么又说起五十年前的旧事来，一边说还一边似乎漫不经心地瞥了美代子一眼，偷偷观察着美代子的神色。只差临门一脚的当口，传来了里子的声音："大家过来吃饭了！"

美代子向平时一样坐在饭桌前，一碗一碗地盛上饭，浇上酱油。大家见此情景，终于暗暗松了口气。毕竟还是个孩子，虽然要强，终究也是坚持不下来的。

"美代子，今天有你最爱吃的炸虾哦。"

"快把头巾摘下来吃饭吧！"

"还是肚子诚实吧，早已经在说，'我要开动喽！'"琴奶奶也开起玩笑来。静江也帮她在饭上浇上调味汁。谁知美代子却把饭碗推到一边，说："请大家不用管我。"

"美代子……"

"我去打扫车间。"美代子说完就起身要走，里子赶忙拦住她说："美代子，吃了饭再去吧。"

"不想吃就别劝她！"贯太郎发火了，周平听到便开始针锋相对地顶撞他，寺内家又爆发了惯常的小冲突，美代子转身出了门，将吵得不可开交的一家人抛在身后。

夜晚的车间里人迹全无，出奇的安静，也出奇的寂寞。雕到一半的石狮子和墓碑，无言地矗立在昏暗的灯光中，随着灯泡的晃动，在地上投下参差的暗影。美代子这才发现，那些在白天的阳光下总是隐约透着暖意的美丽的岩石纹路，在夜光中却是如此的清冷。

石料上放着一个用缎带扎得整整齐齐的小包裹，美代子好奇地拿起来，却突然发觉有人进来了，转身一看，原来是静江的恋人上条先生。

“啊，这不是上条先生吗？”美代子打了声招呼。

“嗯……我……我过来给我家小鬼拿礼物……”

“原来是静江小姐放在这里的。”美代子恍然大悟。

“对，因为我白天常常不能过来……”

“我去帮你叫静江小姐过来！”美代子自告奋勇。上条却示意她不必，缓缓给自己点上一根烟，问道：“听说你在绝食……”

美代子重重地点了点头，撞破了别人的秘密，似乎自己也能够格外地敞开心扉了。她扳着手指数了数，说：“嗯，到现在也才坚持了七个小时。”

“那肚子也一定饿得扁扁的了。”

是啊，美代子点点头。上条一边吸着烟一边说：“我家老母亲去世的时候，我以为自己会悲伤地吃不下饭，谁知道一到了时间，肚子还是一样会饿。”

“……”

“人这东西，你说是可悲呢，还是可笑……”

“……”

“有骨气固然是好事，但是诚实地面对自己也不可耻……”

静江站在他们身后，听到这里会心地笑了起来。美代子借故走开，留下两人享受难得的相聚。在两人温暖目光的注视下，美代子往主屋走去，悄悄从后门回到自己的房间。美代子出神地看着仍然扣在桌上的毕业照，不知不觉又哼起了熟悉的旋律：“蓦然回首，毕业在即……”

突然，“咣当”一声门被拉开了，贯太郎站在门外怒吼：“干傻事也要适可而止！把身体饿坏了怎么办！”说着，扔了几个红豆面包进来。

“老爷……”美代子刚想说话，贯太郎却又愤愤地把门拉上走开了。美代子捡起红豆面包，拿在手里抚摸着。

贯太郎经过客厅时，被大家叫住，七嘴八舌地责难起来：“这样下去可怎么办才好？”贯太郎非但不认错，反而把里子吼了一通：“都怪你不争气！”

“我？！”贯太郎没头没脑的话让里子非常惊讶。

“对，就是你！都怪你这个女主人不争气，才让一个帮工这么任性！”

“就算你说得都对，她自己不吃饭也没办法强迫她啊。”

“五花大绑硬按着吃！”贯太郎口不择言，强词夺理起来。

“指责别人之前贯太郎还是先道歉谢罪吧！”琴奶奶冷不丁地说。

“为什么我要道歉！该道歉的是她才对！惹您生气了实在抱歉——她才该这么冲我道歉呢！”

贯太郎无理取闹的话让静江也目瞪口呆："这都能说出口，爸爸强词夺理的水平真是一流呢！"

周平也生气地说："我不同意，老爸只是嘴上大言不惭，心里早就明白是自己错了！"

"你说什么？！你这是跟父母说话的样子吗？！"贯太郎怒不可遏，又冲上去揍周平，家里的女人们拼命拦着却如蚂蚁撼树，完全不起作用。

周平虽然挨着打，却一步也不退缩，继续冲贯太郎喊道："打吧！你要是能消气就放手打我吧！人家一个十七岁的女孩子，无依无靠来到别人家打工，要不是你实在太过分，人家看不过去，否则怎么会去绝食？！"

"你少废话！知道是在别人家还随便插嘴！"

"什么叫别人家！美代子她也是这个家里的一员！"

贯太郎再无言以对。

"面子算什么！如果能让美代子吃饭，老爸你就算跪地道歉一次又怎么样，又不会损害你的威严！"

"……"

"姐姐，去把美代子叫过来。老爸不道歉，我就坐在这哪儿也不去。"

美代子却早已来到门外，站在走廊上。事已至此，也无话可说，贯太郎颓然坐倒："既然如此，那我就道歉吧。"说完坐直了身子，向里子拜下去。

“请等一下！”美代子冲进来，“扑通”一下坐在里子和贯太郎中间，“老爷，我吃饭了！”说完，把手里的红豆面包塞进嘴里，一边费力吞咽着，一边说道：“老爷，请您不要道歉了。我不想看见老爷道歉的样子，还是威风凛凛的样子更适合老爷！”说着便掉下泪来。

“他爸，这红豆面包……是你买回来的吗？”里子问。

“老爷……这面包……非常好吃！”

贯太郎脸上有些挂不住，只好顾左右而言他地自吹自擂：“这可是有名的肚脐红豆包[39]，等闲买不到的！”

眼泪的咸涩，红豆的甜美，还有樱花的香气恰到好处的混合在一起，真是沁人心脾。大家都红着眼眶，感动地看着美代子大口大口地吃着红豆包。周平拍拍贯太郎的肩膀：“老爸你这样会让人看不起的哦！”

“真是不错呢，如今的帮工既会绝食，又能学手艺！”琴奶奶又开起了玩笑，但是话语里不再像平时那样带着刺。

美代子也笑得呛住了，里子帮她拍着后背，问道：“学校的事，就决定学料理了吗？”

“我不去了。”

“美代子……”

“还是在这里待着更开心！”美代子仿佛被红豆包噎住了似的，转转眼珠说道。

39 指正中央撒上一团罂粟种子，看起来像有肚脐一样的红豆包。

座钟敲响了十点的钟声。

贯太郎剪着趾甲，里子在一边记着账。

“那孩子多大了，十八吗？”贯太郎问。

“美代子吗？只有十七吧。”

“才十七岁啊。”贯太郎感叹一声，“啪”的一声剪了下趾甲，接着问道，“你十七岁的时候……”

“嗯？”

“你十七岁的时候在想些什么？”

“说起这个，”里子抬起头，目光仿若穿过了推拉门望向很远的地方，“十七岁的时候……对了，那时候在女校读书，校医是位男医生，这里……”里子抚摸着胸口，“到了年纪不是突然就长大了吗，然后就特别讨厌体检，这个时候大概就是十七岁吧。”

贯太郎听着，继续“啪啪”地剪着趾甲。

“再就是战争结束了，美国电影也跟着引进来了。那时候去看狄安娜·德宾[40]演的《春之序曲》，还有葛丽亚·嘉逊[41]演的什么电影，第一次看到了接吻的场面，当时特别好奇为什么他们鼻子那么大，接吻的时候却不会碰到一起……”

“你可真傻……”

40　狄安娜·德宾（Deanna Durbin，1921—2013），好莱坞女演员，主要作品有《满庭芳》《春之序曲》等。

41　葛丽亚·嘉逊（Greer Garson，1903—1996），英国著名女演员，1942年凭借《忠勇之家》获得第15届奥斯卡金像奖最佳女主角。

“十七岁的时候就是这样啊。”

门外传来了嗤笑声，似乎是美代子在走廊偷听。

“哎呀——美代子！”

“晚安——”

贯太郎仍不忘冲远去的美代子喊道：“喂！明天开始要好好吃饭！”

“遵命——晚安！”

美代子把毕业照小心地放进抽屉里，然后又仰天大喊一声：“晚安——”便关上了灯。

玻璃球

静江一大早就在打电话。

由于拉着窗帘的缘故，清晨的办公室里还有些昏暗。屋里还残留着贯太郎昨晚的烟味。桌上的郁金香，昨天就已结出黄色的花骨朵，今天仍然是含羞待放。

“小守还小，这样把他一个人留在家里肯定是不行的。不小心弄伤自己可怎么办？总之，还是先按我说的办吧，拜托了！带到我家来，有人照看着能好一些。上条先生你忙完工作再来接他，到时候再到家里打个招呼。”

门外传来重重的脚步声。

“那我现在就去接他吧。”静江匆匆说完，刚刚挂上电话，贯太郎就进来了。

“你一大早在干吗，静江？”

“早上好!”

“你刚才是不是在打电话？”

静江没有回答，走到窗前拉开窗帘，抽出邮递员塞在窗缝里的晨报，抱怨着拿进屋里来：“为什么不放在外面的信箱里，每次都硬塞进来，把报纸弄得破破烂烂的。”

“喂！静江！”

“啊，我该去厨房帮忙了！”静江把早报放在父亲桌上，拖着左腿径自出去了。

贯太郎憋了一肚子火无从发泄，正好里子进来，便冲她嚷嚷起来：“喂！静江她，居然背着父母跟那家伙偷偷打电话！”

“什么‘那家伙’，人家上条先生不是有名字吗？”里子不紧不慢地给神龛上供水，全然不像贯太郎那样惊慌失措，“他爸你真的听到他们俩打电话了？”

“就算没听见，看那样子也明白了啊！都怪你这当妈的不争气，女儿在跟谁打电话你都察觉不到，要你有什么用！”

“我懒得跟你争辩，我又没有超能力，看不见的事情也能怪到我头上吗？”

“喂！”

“您说得对。”里子不想跟他纠缠，便做出顺从的姿态站起身外往外走，不过一边走一边还是忍不住小声抱怨：“两个人正谈恋爱，打个电话有什么大惊小怪的。”

“你说什么？”里子的抱怨还是没能逃过贯太郎的耳朵，气得他青筋都鼓起来了。里子故意不理他，走到窗边推开窗户，悠闲地伸了个懒腰：“真是个好天气呢！”

贯太郎连碰两个软钉子，无奈之下气鼓鼓地便要往车间去。里子叫住他：“你不拜神了？”

“哦，差点忘了！”贯太郎被里子一提醒，只好又慢吞吞地走到神龛前，一本正经地拍手拜神。

里子看着贯太郎呆头呆脑的样子忍不住想笑，又忍不住担心。从静江第一次带上条登门拜访已经过去差不多三个月了，但贯太郎仍然是对这件事视若无睹，并且绝口不提。有时上条会来给店里送石材，贯太郎见到依然是从不稍假辞色。吃饭的时候，如果有谁提到“上条先生”或者“小守”，他就会愤然变色，甚至拂袖离席。似乎贯太郎委托信用调查所对上条进行了调查，因为里子时不时地会从贯太郎口中听到些关于上条的消息：上条的前妻叫幸子，在御茶水的火锅店打工，每个月去看一次小守。每次说完，贯太郎还会愤愤地添上一句：“这家伙看起来也不是那么混蛋的人！”好像在为没找到上条的缺点而不甘心。但是，这并没有改变贯太郎的态度——依然是不认可、不同意。

而静江也和她父亲一样的顽固。静江非但从来不像其他二十三岁的姑娘那样，遇到这样的事情便撒着娇，哭着恳求父母，反而是“一言不发”“坚持到底”地沉默以对，无言而坚决。有这样两个定时炸弹在家里，里子虽然表面轻松，实际上却是劳心费神得很，以至于最近都消瘦了不少——连以前的戒指都松得戴不住了。所以，静江前脚出门，里子安抚好贯太郎便后脚追了出去。

不出所料，早饭时贯太郎看不到静江，果然大发雷霆了：“静江去哪儿了？！”

“出去寄明信片了吧。”里子不慌不忙地说。虽然作为母亲，里子心里自然是比谁都担心。但她知道以贯太郎一点就着的脾气，这个时候绝对不能火上浇油，否则就会一发不可收拾。所以越是担心，里子越是做出一副轻松的样子。这个时候只能静观其变——里子以自己常年的经验，迅速做出了决定。

“一大早上哪儿寄明信片去！糊弄傻子吗？！喂，静江有没有带什么行李出去？”

“就带了平时用的手包。”琴奶奶接口道。

“啊，妈妈你看到她出去了？”

“嗯，问她去哪儿，只是含糊答了句‘出去一下’。”

“‘出去一下’是什么意思，难不成跟人私奔了？去看看她屋里有没有少什么东西！”贯太郎挥着筷子，已经忍不住慌乱了起来。筷子上还粘着海带条，如同小旗帜一般，随着贯太郎的动作在空气中飞来飞去。

“哎哟，还‘私奔’，简直成古装剧了。”周平全然不知轻重，还在没心没肺地打趣。

里子镇定地按住贯太郎的手，把筷子上的海带条扒下来，然后瞪了周平一眼让他闭嘴，接着便劝解起贯太郎来：“他爸，这段时间我一直想跟你说来着，静江已经长大成人了，‘女大不由娘’，你这么一个劲儿地反对也不起作用，倒不如让她把上条带到家里来，好好看看为人怎么样。你说是不是？”

“吃早饭呢，别跟我提那个家伙。”

“吃饭的时候不能提，睡觉前也不能提，白天在工作也不能提，那你说什么时候能说？”

“你说什么？！”贯太郎听完就要发怒，里子不理他，接着侃侃而谈，“我说他爸啊，还有个事……”

“别跟我提那混蛋！”

“哎呀，不是上条的事啦，是今天下午两点的事。”

“什么今天下午两点？”

琴奶奶一边嚼着饭，在旁边接口答道：“是七回忌[42]啊，大森家的……”

“一有亲戚做法事，就要扔下工作跑过去，生意还不得全完了！”

“不是还有静江在吗？”

“静江是要负责收账的！”

“那里子，咱们俩去吧。”琴奶奶说。

“真是……你们把生意当什么了！”

虽然贯太郎还是气哼哼的，里子却偷偷松了口气：终于把话题从静江和上条身上转移开了，这些事当下还是不提为妙。

周平吃完了饭，开始缠着里子小声地支支吾吾：“妈，昨晚不是跟你说了吗，给我三千八百日元。”说完还伸出了手，要里子给钱。

“要买什么来着？”

“哎呀你要问多少遍啊！不是跟你说了吗，我想买*The History of Mankind*。”

---

42 指死者的七周年忌辰。

“你自己吧嗒吧嗒地说得顺口，可妈妈又不懂英语，用日语好好说不行么。”

“可书名就是英文的啊，日语说不明白。”

“你平时动不动就朝妈妈要钱买英语参考书，可是这么多回了，怎么也没见你买回什么书来。”

“喂！你小子该不是拿买书当幌子，却把钱全乱花了吧！”

“怎么可能，你别瞎说！书都借给朋友了，自然你们看不到！”

美代子听到了，突然像是想起来什么似的“啊”了一声，说：“坏了，差点忘了！”放下筷子便跑了出去。

“你们怀疑的话，尽管把书名记下来好了。”周平一副问心无愧的样子。

“这次的书叫什么来着？”

“还说一遍！太傻了，我不。”

“History Of Mankinshock——”琴奶奶蹩脚地学着周平重复了一遍。

周平受不了，只好不情愿地又重复了一遍：“*The History of Mankind*，三千八百日元！”里子听完，便伸手从围裙兜里拿出钱包，准备给周平钱。

这时候美代子却跑进来，嘴里连连道歉：“对不起，我差点忘了！”说完把一个大信封递给周平，“昨天傍晚，吉冈同学送来的。”

“‘奶瓶底’来过了？”周平自言自语道。吉冈是周平的好朋友，因为近视得厉害，厚厚的眼镜像装牛奶的玻璃瓶底一样，就得了这样一个绰号。

“吉冈同学说要我一定把这个交给你，否则你会很难办，叫我千万别忘了。”

“好了好了，我知道了。”周平接过信封，忙不迭地连连应声，阻止美代子说下去。谁知道信封太旧，突然脱了底，里面的书掉了出来，正落在贯太郎面前。“啊！”周平惊叫一声，赶紧上前想把书藏起来。

“等等！让我看一下！”

“有什么好看的，借来的书，你们就别碰了！”

“少废话！”贯太郎不容分说，一把从周平手里夺下来，定睛一看：“The History of ……喂！这不就是你说要买的书吗？”

“哎？那个……”一向最能讲歪道理的周平也傻了眼，不知如何是好。

“你这混账东西！”贯太郎又上前一把抓住周平的胸口，“你小子，从你妈那儿要了钱，再拿借来的书充数是不是？”

美代子在一边都吓傻了，只是一个劲儿地说着：“对不起，都怪我多此一举……”

周平度过了最初的慌乱，又定下神来，开始耍无赖：“大家都这么干！真是少见多怪！不这么着身上连个喝咖啡的钱都没有，你叫我怎么办？”

“周平，你还说什么，明明是你不对！”里子也忍不住出言训斥，贯太郎更是一巴掌把他打出门外，直滚到走廊的台阶下面。

正在这闹得不可开交的当口，门外突然传来两个优哉游哉的声音：“我回来了——”众人转头一看，原来是静江和小守。

“这孩子，不是上条的……”里子非常惊讶。

“是小守。今天暂时在家里待一天。”静江一边帮孩子脱鞋一边说，“平时上条先生出差的时候，小守都是交给隔壁的老奶奶照顾的。这次老人突然有事回小田原的老家了，所以今天就找不到人照顾他。好了，小守，进屋去吧。”

这一天早上的静江，落落大方地担负起了母亲的角色。

“上条先生本来是打算把钥匙交给小守，让他一个人在家里玩一天的。我说这样太危险，还是让他到家里来玩吧，就领了过来。”

“喂！你——”贯太郎无处发火，又要拿里子当出气筒，却被静江大声打断了：“对了！小守，你还没跟大家说早上好呢！”

“早上好！”小守听话地大声说道。他天真无邪的声音让一家人一时也不知如何是好，只好纷纷出声招呼：“早上好……”

贯太郎无奈，也勉强叫了声“小鬼”，算是打招呼。

周平率先过去跟小守搭话："要是礼拜天就能带你出去玩了，可惜今天还有课……"他轻轻敲了敲小守的头，"你要听话哦。"说完，又偷偷瞄了贯太郎一眼，说，"不过也不用太拘束，男子汉嘛，不用畏畏缩缩的，就当是在自己家一样，想怎么玩就怎么玩。"

"嗯！"小守点点头答应。

贯太郎对小守视而不见，转头向里子吼道："喂！你！你知道她要带个孩子回来吗？"

"我不知道啊。"

"静江！你这样随随便便就把孩子带回来，跟家里商量过吗？你以为这样一点一点切香肠似的，就能逼我认同你们的事？我告诉你，休想！"

"爸爸，在孩子面前——"

"又不是孩子的错，你说是不是？"琴奶奶抚摸着小守的脑袋，发觉他正偷偷盯着桌上的早餐，于是赶忙问他："小守还没吃早饭吧？"然后带他到桌前吃饭。

小守抱着客人用的大碗大口大口地吃得香甜，静江在一旁照看着他，神情坚决，仿佛这是自己义不容辞的责任。

一家人不知道该说些什么，只是沉默地望着他们俩。

里子一边换衣服一边犹豫着。

"妈妈，你说我是不是该待在家里？"

“那要我一个人去寺庙吗？”

“要是担心途中有什么需要，就让美代子陪你去吧。”

美代子和小守模仿西部片的枪战，一来一去玩得正热闹。

“他爸的脾气你又不是不知道，万一有什么事惹他发脾气，静江一个人在家，只能干掉眼泪。”

“里子啊，大森家帮了咱们不少忙，现在人家七回忌，寺内家的儿媳妇不到场，于情于理都说不过去啊。”

既然婆婆这么说，里子也没办法再说不去，只好把美代子叫过来细细叮嘱了一番。“今天什么家务活都不用干，好好看着孩子，别让他磕着碰着。”

“那傍晚出去买菜该怎么办，让静江小姐去吗，对了，静江小姐还得去收账，也走不开。”

“这可怎么办呢？”里子也犯了愁，忍不住叹了口气。

“美代子你就和平时一样就行，傍晚买菜也照常去，路上也不用着急。”琴奶奶突然说道。

里子和美代子刚想问那小守怎么办，琴奶奶仿佛看穿了她们在想什么，不等她们开口，便笑着说：“看孩子的事大可交给贯太郎，这样反而更好。”

小守跑过来，模仿着西部枪手的动作，煞有介事地作势从腰间拔出手枪，向三人射击，嘴里还“砰砰”地模仿着枪声。三人无奈，只好配合地装作中枪倒地。

贯太郎却不觉得有趣。

静江不跟家里打招呼就私自把孩子领过来固然让他生气，里子和琴奶奶若无其事地去亲戚家参加法事更是让他肚子都快气炸了。偏偏今天岩老请假休息，让他连个说话的人都没有，心情更是不爽。车间里传来了阿为和小守的嬉闹声。淘气的小鬼，嗓门倒不小。贯太郎满心愤怒地走进车间，却先被阿为和小守抢白了一通，因为他“中枪”后没有按规矩倒下。

“‘砰！’中枪以后要这么做才行！”小守说完，便捂着胸口，翻着白眼装作阵亡的样子给贯太郎做示范。

小守倒地的方向正对着对门的“花熊”家，恰巧一个约莫三十岁的年轻女子穿着朴素的和服，正在那里挑选花卉。小守看到顿时呆住了，嘴里喃喃地叫道：“妈妈……”贯太郎莫名其妙，怒道：“怎么回事，这里怎么会有你妈妈？！”

正好美代子过来找小守，贯太郎稍微缓和了些语气，对美代子说：“带他到里边玩去，弄些点心给他！”然后为了平复心情，转身拿起凿子工作起来。

小守一个人坐在客厅里吃着蛋糕。吃着吃着，不小心手指粘上了奶油，觉得黏糊糊的，顺手便往拉扇门上抹去，结果不小心把糊门纸捅了个窟窿。小守知道自己闯了祸，赶紧放下蛋糕碟子，想把窟窿补好。

这时——一只粗大的手指从背后伸过来，“噗”的一下在小守捅出的洞旁又戳出一个更大的窟窿。小守转头一看，居然是贯太郎，他竖起手指做了个“别出声”的手势，目光中却全然没有怒意。小守高兴起来，又饶有兴味地在门上戳了一个洞，贯太郎也跟着如法炮制。两个人你来我往，兴高采烈。静江悄悄地看着他们俩，眼里竟似闪着泪光。

阿为和对门的“花熊”过来的时候更是直接被贯太郎惊呆了。只见他又是让小守骑在身上开火车，又是陪他打玻璃球，还有卡片游戏，还教他转陀螺，玩得不亦乐乎。

“你这小子，手真笨！”贯太郎一边抱怨着，一边用他那粗大的手指灵活地转着陀螺给小守做示范，教他窍门。小守和他的父亲一样，虽然话不多，却有一种无所畏惧的勇气。虽然还是个孩子，但面对贯太郎丝毫没有畏惧之心，举手投足间反而有一种男人对男人的平等态度。贯太郎不觉也渐渐喜欢起这个孩子来。

周平从补习学校回来的时候，贯太郎和小守正四脚朝天呈“大”字形躺在客厅睡得正香。贯太郎把自己超大号的宽布腰带给小守当被子盖着，一大一小两个肚子连起伏的节奏都一样。周平忍不住要笑出声时，琴奶奶和里子从亲戚家回来了。小守翻了个身，抱住贯太郎继续沉沉地睡着。

“里子你看那儿，我说的一点没错吧？”琴奶奶一脸得意地说道。

这时贯太郎正好睡醒了，看见大家都在，不禁恼羞成怒，扯开嗓门开始教训人：“你们磨磨蹭蹭干什么来着，谁也是问都不问一声把孩子塞给我就走！出去了就不知道回来吗？！”

小守也睡醒了，一睁眼就开始找静江：“大姐姐……”

“姐姐一会儿就回来了……”里子赶忙安慰他，同时也注意到了千疮百孔的纸拉门，“咦？！这是怎么回事，门怎么……”

小守刚想向里子认错，贯太郎却抢先把责任揽了过去：“那是我弄的！你少废话！”说完，便像平时一样风风火火地穿过廊下，往车间去了。

由于上条要晚上七点半才能过来，所以小守晚饭也只能在寺内家解决了。周平把小守抱到自己腿上坐着，和他玩着游戏。

静江在厨房忙着做饭，时不时地朝他俩瞅一眼，眼里满是喜悦。

“小鬼，你可真能调皮啊，不过老爸居然没揍你。”周平举举拳头，向小守示意道，“按说他本来挺讨厌小孩子呢。”

“他可不讨厌……”琴奶奶偷尝了一口菜，舔舔手指，继续说道：“虽然他自己脾气暴躁，对孩子却从来都是宠着惯着。你小时候啊，他抱着你的时候那小心翼翼的样子，这么说吧，那真是‘含在嘴里怕化了’，一点不过分！”

“姐姐，这么看来，把这小鬼带回来还真是带对了！”周平冲静江调侃道。

里子和美代子也来到饭桌前坐下。

“老爷怎么还没过来？”美代子问。

“被人看到白天和小守一块儿睡得那么香，肯定是觉得不好意思了。”静江说道。然后又转向小守：“小守，去叫爷爷过来吃饭。”

“嗯！”小守郑重其事地答应一声，站起身来，摆出一副西部英雄的架势，仿佛腰间挎着左轮手枪，雄纠纠气昂昂地走了出去。他那煞有介事的天真模样把一屋子人都逗笑了。

天色将晚，车间里已经有些昏暗了，只剩贯太郎一个人仍在卖力地雕着石头。贯太郎高高地举起锤子，瞅准凿子，铆足了力气正要挥下去，突然发觉背后有声音，转身一看，原来是小守正低着头踢弄着地上的碎石。“石头可不是玩具，不能瞎玩，不小心砸一下可是很疼的！”

“放心好了。”

“怎么放心，要是一不小心砸坏了腿，疼也还罢了，将来赛跑的时候，别人都撒开腿跑得飞快，你自己只能在一边看着，到时候得有多伤心！”

静江也过来叫贯太郎吃饭，看到他们一老一少正在说话，便没有打断，只是站在暗处静静听着。贯太郎丝毫没有发觉静江的存在，继续向小守说教：“到时候，你去参加运动会，不管怎么努力还是只能跑个倒数第一。所以啊，赶紧去外边玩去，这里太危险！”贯太郎伸手在小守头上轻轻弹了个“爆栗”，站起身来。

小守对这位高大的老爷爷很是喜欢，车间里又只有他们俩，小守觉得很开心，便又调皮起来，不知不觉有些放肆。他开始模仿静江，拖着一条腿走来走去。他兴奋地演给贯太郎看，希望能像刚才模仿西部牛仔一样引来别人的笑声。不料贯太郎见状，本来温和的脸色瞬间仿佛结了冰，低声训斥道：“停下！”

但是对调皮劲儿正在兴头上的孩子来说，低声斥责是不管用的，小守不但没停下来，反而动作更加夸张了。

“我叫你停下你没听到吗，混账小鬼！”

静江暗叫不妙，赶紧飞步向前护住小守，但是已经来不及了，贯太郎的巴掌比她快得多。

哭得一塌糊涂的小守在众人的簇拥下先开始吃饭了。琴奶奶慈爱地抚摸着小守的脑袋安慰他：“好了好了，虽然挨了一下，但是不红不肿的，也没破皮，没事的。”

里子狠狠地瞪着贯太郎：“要真打出个好歹来，看你怎么跟上条先生交代！”

贯太郎扯开嗓门怒吼起来，仿佛是想把全家人投过来的白眼都打回去似的：“我们家不是托儿所！退一万步讲，是他自作主张把孩子硬塞过来的！我就算煮了、烤了、吃了他也没话说！”

说完，贯太郎顿了顿，瞪着眼睛向欲言又止的家人们环视一周，又继续吼道：“嫌我打他孩子，那他干脆把孩子绑身上上班去算了，帮他照看着就不错了，还有什么话说！“

里子终于忍无可忍：“他爸你也不想想，小守他才几岁啊！”

周平也恨不得蹦起来：“老爸你就算生气，小孩子也跟大人不一样，你不能上手就打啊！真是不可理喻！”

“小静把他带到家里来也是迫不得已啊，你不高兴也不能打孩子啊！”

“姐姐哭了你是不是心里就痛快了。就算再怎么看不上上条，也不至于拿孩子当出气筒啊！”周平和里子义愤填膺，你一句我一句地斥责着贯太郎。

“都别说了！”静江突然说道，“我并不是因为伤心才哭的！”

听到静江的话，众人一时间都有些哑口无言。

“我流眼泪是因为高兴，你们都没有看到，父亲本来是多么疼爱小守，之前拉门被他弄坏了，父亲也极力护着他——”

听到静江这么说，贯太郎有些不好意思，作势咳嗽一声清清嗓子，转身望向别处。

“——小守挨打确实是因为他自己不对，他在父亲面前模仿我跛脚走路。”静江语气轻松地把所有实情都讲了出来，似乎所有的心结都迎刃而解，而眼前只是一件微不足道的小插曲。她把小守掉落的玉子烧的碎屑捡起来，继续说道："我到现在都还记得呢，'七五三'[43]节的时候，我和周平一块儿出去，周平模仿我瘸腿走路，结果正高兴地吃着糖呢就挨了父亲一顿揍！这次父亲打小守，原因还是和那次一样，是因为他把小守当成自己的孩子、孙子一样，所以才会生他的气。"

"要是真讨厌他，贯太郎才不会动手呢！"琴奶奶突然插了一句。

小守放下筷子宣布道："我吃饱了！"

"请问有人在家吗？"这时门外传来了一个男人的声音，小守听到顿时眼前一亮："是爸爸！"说完站起身来，连滚带踹地爬过贯太郎的膝盖，向门外跑去。

上条张开手抱住扑进自己怀里的儿子，一边郑重地向众人低头道谢。静江高兴地向他报告说："小守今天被父亲骂了一顿呢，还因为调皮干坏事挨了一顿巴掌。"

"真是对不住啊。"里子抱歉地说。

上条却毫不在意，微笑着向里子表示这没什么。

周平走过来促狭地问道："疼不疼？你这小鬼！"

"不疼！"小守大声回答，嗓门比周平还高。上条微笑着轻

43　七五三节是日本一个独特的祭日，在每年的11月15日，7岁女孩、5岁男孩和3岁的小孩（不分男女）是这一天的主角。主要活动有参拜神社，吃"赤豆饭""千岁糖"等。

轻在小守头上弹个“爆栗”，提醒他要讲礼貌。然后，上条正视着贯太郎的眼睛，郑重地深深鞠了一躬：“寺内先生，谢谢您了！”

贯太郎罕有的回应了上条的眼神，微微颔首回礼。

“小鬼，下次再过来玩啊！”

“拜拜！”

贯太郎也跟着大家一起笨拙地挥着手。小守跟着父亲快要走到门口的时候，突然转过身来，作势从腰间掏出手枪，瞄准贯太郎：“砰砰——！”

“啊！打中我了！”贯太郎配合地捂住胸口，翻着白眼，按照预定的情节装出中枪而死的样子。小守开心地笑着和父亲一起回家了。众人默默看着这一幕，心中充满感动。

“爸爸……”静江趴在父亲肩上啜泣起来。

这让贯太郎有点不好意思，于是他的大嗓门又开始怒吼起来：“你别搞错了！我最烦你们这样‘零敲牛皮糖’！想和那家伙结婚，门儿都没有！明白吗！”

贯太郎说完，便回屋去了。他身躯宽大，走路大摇大摆，时不时地会撞上门廊的板壁，一路咣当作响。众人站在原地，望着他的背影，相顾无言。

临睡前，里子将水晶数珠擦拭干净，收纳起来。贯太郎拿着一张晚报，正看得起劲。

“大森家的正次要我带他问好，说做法事的时候要你务必过去露个脸。”

“他还是那样一个瘦竹竿子吗？”

“怎么会，啤酒肚都出来了，完全一副中年人的样子，高高壮壮，挺气派的。”

想象着变成中年胖男人的正次的样子，贯太郎忍不住笑出声来。

“但是呢，块头还是比不上我们家老公，不过在亲戚里面也算数得着了。”

“宅间那边的清子怎么样？”

“这次也见到了。八月底就要抱上第二个孙子了——哎，她当年是不是还喜欢过你来着？”

“胡言乱语些什么！我们可是表兄妹！”

“我怎么觉得确有其事呢！”

贯太郎刚想反唇相讥，突然又把手伸到屁股下面，脸上一副奇怪的神情。

“屁股上好像起了个包。”

“长疖子了吗，疼不疼？”

贯太郎含混答应着，伸手在屁股下面掏摸着，最后掏出来一个玻璃球。

“哎呀，吓人一跳，原来只是坐在玻璃球上了。”

贯太郎四下看看，发现地板上还有一枚掉落的玻璃球，他

“嗬！”了一声，探身过去捡了起来。

“小守这孩子……也还不错呢，是不是？”

贯太郎没有回答，只是把两枚玻璃球放在桌上，噼啪有声地玩了起来。

智齿

剧场内一片昏暗，忽然音乐声高昂起来，聚光灯照在舞台上，台下涌起如雷的掌声。“花熊”本来正翻开报纸悠闲地看着赛马新闻，这时也赶紧“啪”地合上了报纸，紧紧盯着舞台。边上的阿为一边“咕噜咕噜”地咽着唾沫，一边激动地吹着口哨。

“小百合！特别演出！我们都等不及了！”“花熊”忘情地叫喊着。就在“花熊”身边，一个宛如相扑选手般的大汉忽然站起身来：“我先回去了！”说罢转身要走。

这大汉自然是贯太郎。他甫一起身，后边便传来其他观众的不满声：“都看不见了！赶紧坐下！”贯太郎丝毫不忌惮身后杂乱的抱怨声，仍然执意要走：“你们把我骗到这种地方来，看这种腌臜东西，真是混账！”

“哎呀呀，老板，你怎么这么死脑筋呢！”

“小贯啊，你就老老实实陪我们看吧！”

阿为和“花熊”一边一个把贯太郎夹在中间，手里忙活着连揪带拽地摁住贯太郎，眼睛却仍在直勾勾地盯着舞台上的“刺激演出”，一刻都不舍得移开。贯太郎甩不开他们俩，只好暂时勉强坐下来，结果终归是男人本性占了上风，被舞台上的香艳演出所吸引，慢慢抬起头看了起来。嘴里虽仍在喃喃念叨着：“我要回去，你们放手。我要回去了，你们放手。”实际上却不知不觉和阿为、“花熊”一起，像普通男人一样地欣赏起“脱衣舞”来。

贯太郎不在，客厅里显得格外安静。

“咦？你爸爸去船桥那边了？”

“好像是有什么有趣的石头的‘特别展出’，所以就带着阿为哥一块儿出去了。”周平吃薄脆煎饼的声音在客厅里显得格外响亮。

“石头的‘特别展出’……是什么啊？”

“那谁知道。”琴奶奶也在吃着薄脆煎饼，但是无奈牙齿已经掉光了，只好在嘴里含软了，用牙床咬一咬咽下去，所以吃得无声无息。

“就是把平时见不到的东西，特别拿出来展出的意思吧。”

“据说是与‘花熊’先生相熟的石材商办的。”

“但是出去前几个人好像还争论来着，什么去船桥还是去川口，还是鹤见那边更厉害什么的。”从办公室值班回来的静江提供了新的情报。

里子给大家添着茶：“不管去哪儿吧，我们在这里悠闲地喝茶的当口，老爷还在外边奔波工作着，想想就觉得庆幸呢。”

“虽然老爸好骂人、打人，但工作上还是真够能干的。”

“说到底，你们爸爸的缺点也只不过是喜欢逞逞大男人的威风而已。”里子正一脸满足地说着，贯太郎回来了，开门的动作小心翼翼，完全不同以往。平时贯太郎必然是刚进院门就开始高声嚷嚷：“喂——，我回来了！”今天却全无往日的气势。对起身迎接的众人不理不睬，只小声问了句：“洗澡水烧好了没有？”

“烧是烧好了……”

贯太郎不再说话，一边往浴室走一边就在廊下脱掉衣服随手一扔，里子一边帮他捡衣服，还不忘问了句：“他爸，今天有没有什么有趣的石头？”

贯太郎在浴室正哗哗地往身上浇着热水，闻言冲着里子一瓢水泼在浴室满是雾气的玻璃窗上，怒道：“你问这个干吗！”

里子莫名其妙又挨了一顿吼，却完全摸不着头脑。

第二天一早，贯太郎的右脸肿成了足球的模样。原来是长智齿了，似乎疼得厉害，连每天早上惯例的拍手敬神都无法完成。即便如此，贯太郎嘴上依然硬得很：“光靠喝粥哪有力气搬石头！”他见里子为他准备了鸡蛋羹，心中十分不满，想大声呵斥却苦于脸肿着张不开嘴，只好悻悻作罢。贯太郎歪着脖子，一边呻吟着一边小口吃着蛋羹。这时周平仍然没有起床，要搁以往，贯太郎肯定是早就吼开了：“把他给我叫起来！”可今天他似乎斗志全无，只是悻悻地斜睨着周平空空如也的座位，一言不发。

“不过即便是肿着，这脸也是肿得非同凡响呢！”琴奶奶打量着贯太郎，笑着打趣道。

里子赶忙阻止，但她自己脸上也是在强忍着笑容。

“‘亲不知’[44]这个名字可真奇怪呢！”静江的声音里也是强忍着笑意。

“一点也不奇怪，这里面大有说法呢！”琴奶奶“啊——”地张大嘴巴，指着自己所剩无几的臼齿，向他们解说着，“看，最里面的牙是最后才长出来的。”

“这么说二十岁（成人）之后才会长智齿对吧？”

“古时候呢，人们寿命短。所以孩子长智齿的时候，父母大多早已去世了。”

“啊，原来‘亲不知’这个名字是这样来的啊！”美代子深受触动，情不自禁地叹息一声，“我也是这样呢……”

想到美代子小小年纪便父母双亡，众人不由一时陷入了沉默。

“美代子，路……路上，”贯太郎张嘴的时候抽动到了痛处，忍不住“嘶”地吸了口凉气，又才接着说道，“路上小心！”

美代子正准备趁着休假去立川玩。介绍美代子来寺内家的那位樋口先生家的女儿便嫁到了那里。里子细心地教给美代子到立川该如何换乘，又给她准备了一些特产带上，十分的尽心。美代子前脚出去，阿为后脚便从门外探进脑袋来：“老板，听说你长智齿了？”

“是啊，早上起来一看，就已经肿成这副模样了！”里子鼓起右颊向他演示着。

44　智齿在日语中叫做“親知らず”（oyashirazu）。

“哎哟，那么大块头，还一把年纪，仍然跟血气方刚的小伙子似的。肯定是看到了平时看不到的东西，一下子血冲上脑门了吧？”

“阿为！你这混账！”贯太郎把蛋羹冲阿为扔过去，气急败坏地呵斥着，“给我滚远点！嘘！去！”

“哟！贯太郎！‘嘘’什么‘嘘’！我可不是没见过世面的！嗯哼——”阿为清清嗓子说道，“我是为了男人义气才不说出来，你可别得寸进尺！”说完“咚咚哒咚咚哒”地嘴里哼着下流的曲调，动作妖冶地作势要把上衣撩起来。

“混账东西！”贯太郎一把将阿为打到门外去了。

“他爸，怎么回事啊，大清早的……”里子拦住贯太郎，扶起阿为，安慰道，“他是一大早牙疼得昏头了，你多多担待些。”

阿为甩开里子的手，歪着身子做出一副混不吝的架势：“哦，贯太郎！今后你要还是这种态度，我可就全说出来了啊！”

“赶紧干活去！”贯太郎毫不让步地吼道，但声音里没有平时半点的底气。

“咦，阿为，你说的是什么事？什么‘看见平时看不到的东西’……”里子一脸诧异。

“贯太郎，你昨天不是去看石材展览了吗？”琴奶奶也觉得奇怪。

“端茶过来！”

“真奇怪啊！”静江和里子面面相觑，都摸不着头脑。

"据说呢，冲着蚯蚓撒尿小丁丁会肿起来，但是这跟智齿也没关系啊！"琴奶奶打趣地猜测着。

"哎呀，妈妈说话注意着点！"

里子话音未落，美代子又跑了回来："有邮件……"说着把一个牛皮纸的大信封递给了里子。美代子出门的时候正好遇到邮差，便接了邮件送回来，才又出门去了。里子拿着信封看了看，发现是给周平的挂号快信，便觉得有些奇怪："收件人直接写周平的挂号信，真少见呢。"寄出人更是让人觉得奇怪："人类文化研究所。"里子随口读了出来，歪着脑袋一时想不明白是怎么回事。

"什么东西？"贯太郎捂着腮帮子凑过来。

"上面还写着'内有资料'呢。"

"打开看看吧！"里子受静江的撺掇，正要打开的时候，信封突然散了架，里面的东西掉了一地。原来都是照片，上面的男女以各种姿态缠绵在一起，果然是名副其实的研究人类永恒主题的学习资料。里子惊呼一声，静江也尖叫一声，琴奶奶则飞快地抢过一张仔细看着："这个，原来是相扑的照片啊！"

贯太郎一把夺过琴奶奶手里的照片，气急败坏地吼道："混账东西！周平这混账，居然买这种东西——"同时急忙趴在地上手脚并用地把照片归拢到一块儿，慌乱中连牙疼的事情也抛到了九霄云外，脑子里只剩下一个念头，就是哪怕早一秒也好，赶紧把这玩意儿从静江面前拿开。贯太郎刚手忙脚乱地把照片拢到自己屁股底下，周平便优哉游哉地起来了。

“啊——睡得真不错！”周平肆无忌惮地伸了一个大懒腰。

“喂，周平，到那边给我坐下！”

“啊？老爸，你的脸怎么了？！”

“赶紧给我坐下！”

“肿得好厉害呢，快说说，到底怎么了！”周平一脸莫名其妙地刚坐下，便看到了桌子上“人类文化研究所”的大信封，“咦，这上面收件人不是我吗？‘人类文化研究所’——什么啊，这是？”

“别装傻！这是什么东西，你看看！”贯太郎从屁股底下抽出一张照片，“啪”地扔在桌上，“你自己看！”说完想起静江还在边上，又赶紧飞快地把照片翻过来扣在桌上。

“什么嘛，这是？”周平说着，伸手去掀照片。

“混账！别看！”

“一会儿说让我自己看，一会儿又不让看，到底要怎么着啊？！”

贯太郎无奈，只好像拉洋片一样又“啪”地一声把照片翻过来。

“啊？！厉害！哪儿来的？这是……啊，老爸你屁股底下还有！”周平顿时狂叫了起来，还伸手去拿贯太郎压在屁股底下的其他照片。

贯太郎一把打开周平的手，吼道：“别碰！成天价净学些下流玩意儿！你可还是学生呢！复读备考的关键时刻，整天眼睛盯着这些玩意儿，荒废学业——"

"啊，原来如此。寄给我的就是这些玩意儿啊！"

"你还有没有点廉耻！廉耻！"

"但是真奇怪呢，为什么会寄来这些东西。可能是按照不知道哪里的花名册寄过来的吧。"

"周平，这不是你订的吗？"

"当然不是！我也一头雾水呢！啊，难道是某个朋友……"

"混账东西！"话音未落，贯太郎已经一巴掌把周平打倒在地。

"你干吗啊！这么点事也值得动手？你去外面看看，这玩意儿根本算不上什么啊！"

"这个不用你说也知道！"

"那就更没必要打我了啊，退一万步讲，这东西又不是我订的！"

"混账，你还是不是男人！"

"明摆着的事，你这么问什么意思？！"

"是男人做事却没一点男人样子！我都替你臊得慌！本来道个歉也就算了，你看看你自己是什么样子！推得干干净净，装傻充愣！你老子我最讨厌这种卑鄙懦弱的小人！"

"本来就不是我订的，我当然会这么说！"

"你这混蛋还嘴硬！"贯太郎说着便又要动手，这一次周平也是针锋相对，父子俩眼看就要大打出手时，贯太郎瞥到琴奶奶偷偷拿走了桌子上的照片，正坐在走廊里津津有味地欣赏着。

“真是……这一个，那一个，都一个德行！”贯太郎扔下周平，冲过去一把夺过照片。这时智齿的疼痛再度袭来，贯太郎捂着脸蹲了下去。早上的大乱斗终于告一段落。

贯太郎一向讨厌医生，特别是牙医，自从小时候被牙医“咣咣咣”地折腾了一番之后，牙医便成了贯太郎不共戴天的仇敌。所以，里子即便看到丈夫因为智齿疼得打滚，也绝不劝他去看牙医。这种话决不能说，否则只能闹得以离婚收场。更何况贯太郎天生的犟牛脾气，十个人也拉不动。贯太郎在肿胀的脸颊上贴了浅草海苔那么大的一小片膏药，又拿一个小冰袋抵住脸，包上三角巾，活像一只得了腮腺炎的河马。即便已经疼成了这样，贯太郎也没有休息，仍在车间里咚咚地凿着石头。昨晚和今天一天，阿为和“花熊”都觉得贯太郎无比可笑，但想到如果随便开他玩笑肯定会被他一拳打飞，实在划不来，只好强忍着笑意佯装正常。贯太郎则咬紧牙关继续干活，“一锤下去为志气，两锤下去为尊严”地强撑着，每凿一下都像凿在自己的牙上，疼得他头皮发麻，腋下也汗湿了一大片。

里子和琴奶奶正在客厅里做着针线活。

“里子啊，那些照片，你收到哪里去了？”

“他爸说那种东西扔了算了，可能真给扔到垃圾桶去了。”

“撕碎了扔厕所去了也说不定。要是以前倒也算了，现在恐怕会把马桶给堵了呢。”

两人有一搭没一搭地正说着，贯太郎回来了。貌似肩膀有些酸痛，自己揉着肩，一进来就直接躺下休息了。办公室里有静江在，车间里有阿为，贯太郎嘴里疼得快要裂开却又不愿露出半点难熬的样子，只好回到客厅里。“去看看牙医吧。”琴奶奶说着，还伸手逗弄他。贯太郎一把推开琴奶奶的手，没好气地从身边捡起一份杂志，正要打开盖在脸上的时候，突然注意到了上面的内容，便又气鼓鼓地吼开了：“喂！为什么会在客厅里放这种下流玩意儿！”贯太郎指着杂志上的人体艺术照，气得手都抖了。

“那个啊……”

“贯太郎你也真是，这种暴露程度杂志都可以登的啊！”

“不像话！这社会变成什么样子了！”贯太郎愤愤地合上杂志往桌上一扔，便往门外走去。他气冲冲地只顾着走路，结果刚走出廊下，晾衣绳上的湿衣服便一件接一件地落到他头上。

“哎哟！”

“全被风吹掉了！”

“晾的时候也不拴结实！”贯太郎摇着脑袋，拿掉头上的衣服，抬头一看，顿时眼睛又瞪圆了：紧挨着贯太郎的特大号内裤晾着的，是有着可爱图案的棉质文胸和三角裤，再旁边则是周平花里胡哨的大裤衩。

“这是谁的？”

“美代子的——哎呀你一大男人别老盯着了！”

“你怎么老干这种下流蠢事！大姑娘家的内衣哪能紧挨着男人的裤衩晾一块儿！你就不觉得羞耻吗？”

贯太郎突如其来如同找茬一般的训斥让里子有些张口结舌，不知如何应付。

“就算只是晾衣服，也得慎重点吧！要是以前，连洗衣盆都要分开的！”

琴奶奶也唯恐天下不乱般地插嘴讽刺：“贯太郎你这蠢蛋，衣服晾一块儿又不会生出孩子来！”

“你们成天价真是没羞没臊！你们这么随便，孩子们也会有样学样变得不知羞耻！以后都给我注意点！”说完，把手里的衣服朝里子一扔，便气冲冲地走了。

里子走到廊下的时候被突如其来的怪声吓了一跳。听起来声音似乎是从厕所那边传来的，仔细一听，原来是贯太郎哑着嗓子的呻吟声。

“他爸，要不还是去看牙医吧——”

“你少啰唆！”贯太郎仍是一贯地说一不二，并且话音未落门便“砰”的一声打开了，里子从里面跌跌撞撞地摔了出来。

贯太郎走到办公室门口的时候，突然停住了脚步。上条来了，正在里面和静江说话。

“小守的蛀牙没事了吧？”是静江温和的声音。

“虽然天天说，但晚上还是不愿意刷牙。”

“那可不行，得趁小时候让他养成好习惯。你陪他一起刷。”

“嗯。”

“上条先生的牙怎么样？”

“说实话已经有三颗都出毛病了。”

“你是不是也讨厌牙医？”

上条没有回答，但眼神里却露出默认的笑意，温柔的目光和平时的严肃锐利判若两人。

“和我爸爸一样呢……”静江仿佛是从喉咙深处笑出声来，贯太郎从未听到过女儿这样的声音。

里子正在客厅里一边看电视一边做着针线活，还咯吱咯吱地吃着脆煎饼。见到贯太郎又回来了，里子低头看看手里的煎饼，稍微有些慌乱。贯太郎“啪”地关掉电视：“当着牙疼的人的面，咯吱咯吱吃煎饼合适吗？！”

“再不快点吃完会返潮的。”里子小声抱怨着，说了句对不起，把吃了一半的煎饼放在桌上。贯太郎仿佛动物园里被关在狭小笼子里的狗熊一般，急躁地在客厅来回走着。

“吃了一半又放下算怎么回事！”

“这……”

“赶紧吃完！”

里子知道这时候说什么都是错，便说了句："那我吃了。"拿起煎饼，小块小块地含在嘴里吃起来，尽量不发出声音。

"你这样咕哝咕哝的算什么吃法！"牙疼得厉害却不能开口喊疼，看到什么都让贯太郎觉得窝火。

"喂！静江又和那家伙见面呢！"

"人家上条先生又不是没有名字，别整天'那家伙''那家伙'的。"

"我就是讨厌戴墨镜的家伙！"

"人家也是视力比较弱才戴的。"

"什么视弱！我看是懦弱！还有说话那细声细气的样子，一个日本人，连日语都说不好！不像话！"贯太郎捂着腮帮子吼着，"喂，那家伙真是日本人吗？！"

"说不定是美国人呢。"里子不敢再惹他，随口搪塞了一句，又小心翼翼地问道，"他爸，疼得厉害吧？"

"滚开！"说完，贯太郎又气势汹汹地出门去了。

虽然是白天，门前大街上的弹珠店依然人满为患，欢快的流行歌曲和此起彼伏的弹珠声震耳欲聋。店里要么是一身制服的服务生，要么是西装革履的上班族，或者是穿着校服的学生，其中最为耀眼的便是一身和服的贯太郎。"石贯"字样的短上衣，配上裙裤、绑腿，再加上彪形大汉式的身材，在这里简直鹤立鸡群，独树一帜。

贯太郎倚在游戏机上，一只手捂着脸，一只手拨弄着弹珠，正大声呻吟着：“疼啊！疼死了！啊呀疼疼……”随着他的呻吟声，弹珠一个接一个地正中靶心，游戏机上红灯闪烁，劲爆的音乐声不断响起，篮子里的弹珠越来越多，眼看着便盛满了。

“混账！哎呀哎呀，疼死我了！疼啊！疼死我算了！疼啊！”贯太郎嘶吼着，继续不停地玩着弹珠游戏。

贯太郎就这样大吼了好一阵子，终于觉得心里舒服了些，便回家去了。刚进门便看到“花熊”正大模大样地坐在客厅里，还光着上身。琴奶奶在一边为他拿着衬衣细细检查着，里子正在帮他往后背上贴膏药。

“这是干什么呢？”

“啊，他爸你回来了！”

“哟，小贯回来了。”

“这究竟是怎么回事！在别人家里大模大样光着身子，还当着女人的面！”

“花熊”被贯太郎的反应惊得目瞪口呆，赶紧解释觉得后背上似乎有虫子在爬，所以脱了衬衫让人帮忙看看。

“咱们认识又不是一天两天了，用得着那么气急败坏吗。难道说，小贯你是看到我的胸毛，妒火中烧了？”

贯太郎胸前光溜溜的一根胸毛都没有，让他一直引以为耻，这时更是怒不可遏：“你这混蛋！赶紧给我滚回去！”

说完，贯太郎不理过来劝阻的里子，把衬衫冲“花熊”扔了过去。

“花熊”接住衬衫，也是老大无趣：“你就算不赶我，我也该走了。小贯，有些话可是已经到了嘴边了哦！”

“你说什么？”

“当然是昨天晚上的事。虽然已经到了嘴边，但我还是忍着什么都没说，就这么回去了，你可给我记住哈！”

里子猛然想起来：“对了！阿为也说过同样的话，到底是怎么回事？”

贯太郎不答，只是有些慌张地催着“花熊”赶紧走。“花熊”临走前向琴奶奶说了句：“琴婶婶，明天我再过来看有趣的照片！”

这话又引起了贯太郎的注意，逼问之下，才发觉琴奶奶居然机智地把早上的照片藏在了佛龛里，便又大呼小地叫找了出来：“喂！把汽油桶给我拿来！我要把这些玩意儿一把火烧了！”本来贯太郎便已经牙疼得坐立不安，不得不没事找事转移注意力，这时更是来了劲，“喂！汽油呢！汽油！”

贯太郎一边忙着扶正三番五次从腮帮子上滑落的冰袋，一边忙不迭地把照片撕碎扔进去，时不时还不忘顶着呛人的白烟把火吹得更旺些。忙得正欢的时候，冷不防背后突然传来一个年轻女孩的声音：“叔叔你在烧什么？”

贯太郎转身一看，原来是周平的女朋友真由美。真由美看到贯太郎肿得高高的腮帮子，忍不住笑出声来。“我来帮你弄吧！”说完，真由美便想上前帮忙。

这让贯太郎着实慌了神：“不用不用！这不是年轻女孩家能看的东西，你去那边玩吧，快去！”他惊慌失措地大声说着，一不留神手伸到了火里，“哎哟！疼疼……”一下子把手烧伤了。

里子给贯太郎包扎的时候，周平也回来了，还带了两个朋友。

“找到罪魁祸首了！”周平一脸得意，转头冲两个朋友扬扬头，“给我进来！”

“就是今天早上‘照片’的事！是这两个家伙订的，觉得送到自己家里不像样子，就想着让我受受累，寄到这边来了！真是让我受得一场好累！”

两个损友羞愧难当，只好站在廊下鞠躬道歉：“实在抱歉……”

“虽然这两个家伙实在不像话，不过至少也给来杯茶吧！老爸，这下能证明我的清白了吧！咦，怎么烧伤了？”

一直强压着怒火的贯太郎一下爆发了：“混账东西！”说着便一耳光打在周平脸上。

“就会干些丢人现眼的事！照片的事，说实话我不觉得有什么，我年轻的时候也是一样的啊！但是，把朋友拖进来给自己解围，那算什么事！”

“但是，这……这确实不是我干的啊！”

“自己知道自己清白，问心无愧泰然处之；把朋友拖下水证明不是自己干的；哪一个更像是一个男人更应该干的事情！你自己想想！”

“他爸……”

“喜欢收集色情照片的男人，比让自己朋友下不来台的男人，不知道高到哪里去了！你知道吗？”说完，贯太郎更加用力地揍了周平，一把将他打到了门里边。

“好厉害的大叔！”

“好帅……”

周平的两个朋友瞪大了眼睛，一脸崇拜。

晚饭的饭桌上，父子两人已然冰释前嫌了。贯太郎用汤匙喝着粥，一边高谈阔论了起来：“唉，我从昨天晚上开始便一肚子气！无论男女老少，现在全国上下都色情成风！”

“他爸，别光顾说话，小心把脸扯疼了。”里子对贯太郎仍肿得高高的腮帮子十分挂怀。

“以前的日本人，向来是规规矩矩的，在‘性’这一方面，更是老老实实。”

“‘性’这个词，”周平听了忍不住笑出声来，“说起来总觉得有些下流。”

“哪里下流了？！”

“觉得总是有些露骨。用‘sex’之类的能稍微好点。”

“等等！用日语就觉得下流，用外国话说就不光明正大了？说‘便所’就是臭的，‘toilet’就成香的了？”

此言一出，女人们都纷纷皱起了眉。“饭桌上说这个。”“哎呀，光听着就觉得好像闻到臭味了。”

“世界上有哪个国家，说厕所的时候不用自己国家的语言，反而用外国话的！说起这个来，又忍不住想说一句，如今的日本人啊，真是！”

“哟哟，如今的日本人怎么了？”阿为一脸坏笑地从廊下探进头来，“周平，这是干吗呢？”

“还能干吗，家里有个品行方正的老爹，我们就有得受了呗！”

“品行方正？谁啊？”

“阿为，你一边去！”

看着贯太郎惊慌失措的样子，本来就在强忍着告密冲动的阿为再也忍不住了：“咳咳，那我就告诉你们，昨天这个时候贯太郎去干什么了吧！”说着，嘴里便哼着下流的曲调，用任谁一看便都明白的奇怪动作脱下外套，然后脚底抹油溜走之前还扔下句：“贯太郎也喜欢这个……”

琴奶奶、里子，还有静江一下全都尖叫起来：“脱衣舞！”

“他爸，你昨天是不是跑去看脱衣舞了！”里子声音有些僵硬。

贯太郎飞快地挪了下屁股，转身对着门外："去了……"

周平突然哈哈大笑起来："当父母就是好啊！自己想干什么就干什么，对孩子就吹胡子瞪眼，想教训就教训，想打便打！我也真想早点当爹！"周平一边嘲笑着贯太郎，一边起身要走，却被里子叫住了："周平，你坐下！"

"干吗啊，妈？"

"坐那边去。"待周平坐下，里子继续说道，"你爸爸，确实昨天晚上去看脱衣舞了。但是周平，如果你觉得这样就抓住你爸爸的小辫子了，那就大错特错了！"里子对周平，也有几分对静江和琴奶奶说的意思："我呢，觉得不管怎么说，你爸都是对的。脸皮薄，到现在连个'接吻'都不好意思说……快五十岁了才总算是学会跑去看脱衣舞了……看完还连智齿都肿起来，你这样的父亲，妈妈很喜欢呢！"

贯太郎依然背对着众人，一动不动。

"说起来，我们那时候不像现在，电视啊杂志啦，统统都没有。而且你爸和我也都晚熟得很，互相都是对方接触的第一个异性……"

贯太郎的背影似乎动了动。里子吞吞吐吐地说着，突然像是勾起了纯真少女时代的热情，继续说道："……所以，刚结婚的时候……我们两人都是慌里慌张的……"

静江听着，不知为什么眼泪已经夺眶而出。琴奶奶则故意说着笑话减轻他们的尴尬："就像康康和兰兰[45]似的，对吧？"

"笨蛋，瞎说什么呢……"贯太郎脸上有些挂不住。里子望着丈夫恼怒的背影，这是她几十年来看熟的样子："但是呢，妈妈作为女人还是非常幸福的。虽然这样的幸福，在今天的日本已经见不到了。"

"说得好呢，妈妈！"周平虽然仍在笑着，但眼角也湿润了。

"守旧也不见得是坏事！"里子转入正题，补上了关键的一句，"你们有意见吗？"

静江和周平都郑重地低下了头："没有了！"

"我回来了！"门外传来了活泼的声音，对今天一整天的骚动一无所知的美代子回来了。

"脱衣舞真的就是什么都不穿吗？"里子做着针线活，不经意地问起贯太郎。因为牙疼得厉害，贯太郎今晚不能小酌几杯，只能苦着脸喝着温茶水。

"难道还穿着棉袄跳吗？"

"……有没有女人过去看的？"

"混账，那哪儿是女人能看的！"

---

45 1972年中日两国举行建交谈判，签署共同声明后，中国人民赠送给日本人民的两只大熊猫，分别取名为康康（雄性）和兰兰（雌性）。

里子咬断黑色的棉线，有些不高兴：“他爸，我其实很生气的哦！”

“你不是说不生气吗？”

“那是在孩子们面前给你留面子，你居然对我撒谎说去看石头了……”

“这个周末咱们去买浴衣吧！”

“这马屁拍得真够蹩脚的……”里子笑着，侧头看看丈夫的脸，发现他脸颊上的肿胀已经消去了大半。

恶作剧

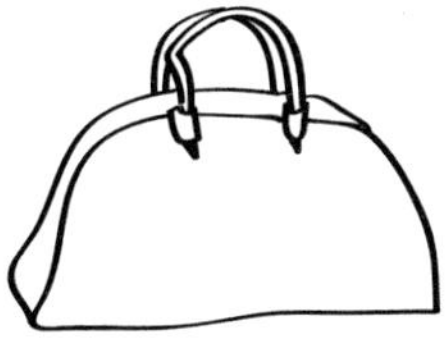

寺内家的栅栏门边有一棵杜鹃树。

据琴奶奶的说法，那是第二代贯太郎亲手所种，还是名叫“雾岛”的名种杜鹃。杜鹃花盛放出红色花朵时，正值春末，这是阿为一年中最喜欢的时节。石匠这工作可实在是一门苦差事，夏天太阳晒，冬天冷风吹，整年整年地在户外“咚咚”地凿着石头，享受不到空调暖气。所以，暖洋洋的四五月份一到，虽然仍是孑然一身，阿为却总会莫名觉得干劲十足起来。

喝完十点的上午茶，阿为来到主院还茶壶。经过栅栏门时，他随手摘了一朵杜鹃花，放到嘴边“滋”地吸了吸花底的花蜜。这时他忽然想到，杜鹃花的名字确实够奇怪，居然叫做“踯躅”[46]，难道是因为它在含苞待放时花朵亭亭玉立，盛放时却垂下来的缘故吗？还是去问问老人吧。“喂——阿婆——”想到这里，阿为便想把琴奶奶叫出来问一下。

琴奶奶的屋子里没有回音，却突然有一只拳头打破纸门，露到外面，随即张开手刺啦刺啦地把纸门上的纸都扯掉。见此情形，阿为惊得目瞪口呆，躲在纸门角落里的美代子忍不住笑出了声。随即隔壁房间也开始雷厉风行地干起来了，这边则是里子正毫不犹豫地将纸门上的纸剥下来。

“这到底是怎么回事啊？”阿为看到不仅是纸门上的纸被接连剥掉，屋里的榻榻米也全被清理了出来，斗橱所有的抽斗也

46　日语汉字为“躑躅”（つつじ，tsutsuji）。

全都大开着，忍不住惊讶地问道。

“想一次性把所有的活都干完，所以才弄这么大阵势。这屋子都不知道多少年没通过风了，抽屉里都是一股霉味儿！”里子整了整包在头上的毛巾，显得干劲十足。

“能让琴奶奶答应这么做可真是不容易。”

“她没答应也没反对。”说话间，来了一些年轻人开始将院子里的榻榻米搬出去，里子追上去又叮嘱道：“拜托了，请务必明天晚上之前送回来！虽然说是后天才回来，可万一出现意外情况就不好收拾了，所以请务必明晚就送回来！”

“噢，原来琴奶奶是去热海了啊！”

美代子一边愉快地撕着糊门纸，一边向阿为开着玩笑：“阿为真是健忘呢，早上才和大家一起那么隆重地送走琴奶奶，转眼就忘了！”

对门的“花熊”带头领着一帮老头老太太组团去热海旅行，计划停留三天，住两个晚上，琴奶奶也参加了。说是在有生之年要去贯一和阿宫[47]诀别的海岸散散步，所以在大家的欢送中，琴奶奶今天一早出发去热海旅行了。

“这样啊，原来你们是想趁讨厌的人不在，赶紧喘口气放肆一下，是不是早就计划好了要趁琴奶奶不在大扫除一番？”

---

47 出自尾崎红叶（1868—1903）的名作《金色夜叉》。小说的主人公间贯一和阿宫诀别的地方——热海温泉，如今已成为日本蜚声海外的旅游胜地。

“这是什么话！当然不是！本来是想着趁她不在帮她晒晒被子，谁知道一打开抽屉才发现都长霉了！不打扫还怎么住？！”说话的是贯太郎。说完，贯太郎又冲里子他们加了一句：“把所有的东西都弄出来，该换的都换了！”

里子担心琴奶奶不在，就把她的屋子搅得一塌糊涂会不合适。贯太郎说再这样下去地板梁也得朽坏了，大手一挥，指挥众人将东西一件接一件地扔出来。

“不过，琴奶奶回来看到自己的屋子面目全非，到时候又是一场风波……”阿为深知琴奶奶的作风，不禁有些担心。

“没事的，贯太郎拍了板，琴奶奶也无话可说，更何况榻榻米也换了新的，纸门也重新贴过了，这也算除除晦气！”可能是婆婆不在心情不错，里子少见地哼起歌来。说话间，纸门便只剩下木框了。

这天晚饭时，客厅里弥漫着牛肉铁板烧的香气。

“啊，还是牛肉铁板烧好吃啊！”周平由衷地感叹道。

贯太郎一如平时吃得地动山摇，一边接口说道：“牛肉就是得烤着才好吃！”

“奶奶在的话，咱们可就吃不成这个了。”静江一边往铁板上添豆油一边表示赞同。

“奶奶喜欢吃牛肉火锅嘛！”

“嗯，她总是放一堆砂糖进去，嘴里还不停地说着：‘哎呀，都煳了！’‘快点吃魔芋束，别光吃肉！’那玩意儿，根本提不起胃口好吗！”

“那也是奶奶的一项乐趣啊。美代子你快点夹着吃，别客气。”

“嗯，我正吃着呢！”

突然大家都不说话了，屋里只剩下烤肉的“滋滋”声，听起来格外刺耳。

“不知道为什么，今天总觉得不对劲。”

“少了个人的缘故吧？”

“平时吃饭的时候，冷不防就会被奶奶搞个突然袭击，所以总是提心吊胆的，今天不用高度戒备了，又觉得没劲。”周平说。

静江帮周平擦掉滴在桌子上的酱汁。“‘脏死了，奶奶！’不这么嚷嚷两句，吃饭也觉得不够香，对不对？”

“说起来确实是这样呢。”

“你看看，光顾着说话肉都焦了！”贯太郎出声训斥，却被一大口肉噎住了喉咙，周平见状护住饭碗赶紧躲到一边，女人们则一同嫌弃地喊叫起来：“脏死了！”

总是牢骚满腹看谁都不顺眼的琴奶奶不在，大家不用再像平时那样小心翼翼，都兴高采烈地嬉闹起来。

“爸，你在奶奶面前可是加分了啊！”周平今天占着两个人的位置，舒舒服服地坐着，优哉游哉地说道，“也是，拿着儿子给的零花钱出去旅行，泡泡温泉，确实也是件高兴的事儿呢。”

“不这样也不会影响心情的，跟钱没关系，你奶奶自己有私房钱的，热海啊汤河原[48]啊，想去哪里都能去的。主要还是大家恭恭敬敬地去送她才是真正让她高兴的事。”

“不是吧，临走前奶奶就很高兴的，还给了妈妈些零花钱让她买新袜子穿，还说有这样的儿媳妇自己真是走运啊什么的。”

“这又不是多稀罕的事，你奶奶偶尔还是会体贴人的，他爸，你又一边吃一边掉。”里子抱怨着，伸手去帮贯太郎收拾，动作中不乏几分撒娇的感觉。

正在这时，电话响了。“一定是奶奶打来的，我来接！我来接！”周平嘴里嚼着饭伸手拿起了话筒：“怎么样，奶奶，热海好玩吗？声音好小，喂喂！我说啊，奶奶，你可别走错浴室啊，一定要乖乖去女浴室哦！那么大年纪了，走错了可不像话。还有——”周平突然皱起了眉，“喂喂！不是奶奶？！喂喂，找夫人？啊！是柴山……”

“柴山小姐？快给我！”里子从周平手里接过话筒，“真不好意思，刚才是我儿子，也是跟他爸一样总是慌里慌张的。”

贯太郎听到不乐意了，给了周平一个“爆栗”，仿佛在说：“瞧你干的好事！”

48　和热海同为著名温泉疗养地，位于日本神奈川县。

“这不是我家婆婆去了热海吗，还以为是她打来的，也没弄明白就开始胡说，实在不好意思。啊？明天？好啊，你真是见外，你什么也别买，空手过来就行。明天我什么事都没有，你过来咱们好好聊聊天。”里子仿佛年轻了十岁，欢快地说着，“嗯，竹内和水泽也没问题，大家什么都不要带，十一点过来就行，我等着你们哦！”放下电话，里子仍然抑制不住高兴地笑着，“周平，以后先问问是谁再说话。”

“有朋友要来吗？”周平问。

“对啊，平时总是我去她那儿，一见面就问你是不是找到工作了，有女朋友了吗之类的，对你可关心了。”

“那这一次可是个请人到家里来玩的好机会，正好奶奶不在。”

“倒也不能那么说。”

听说是久未见面的女校时代的三个同窗好友要来玩，静江赶紧叮嘱父亲：“妈妈的朋友过来玩，到时候你可不能当着人家的面‘喂！喂！’地冲妈妈说话！”

“她们叫我我也不去的，一屋子女人我躲还来不及呢！更别提巴巴地够上去说话！”

“哎呀，你至少也过去打个招呼，寒暄几句吧！”里子抱怨说。

“我去打招呼？”

“对啊，客人来到家里，一家之主都不出来招呼一下，让人家还怎么待得下去。”

大家想到贯太郎礼貌周到，说话客气的样子都觉得好笑，调笑一阵后说起琴奶奶这会儿在干什么的话题来。

“应该是去泡温泉了吧，穿着旅馆的浴衣。”

“不是应该正在干这个吗？”美代子说着，模仿了一个弹琵琶的姿势。

“弹着琵琶去泡温泉，也就我们家奶奶独一份吧？”

“被逼着听她演奏的人可倒霉喽！”

贯太郎都惊呆了，美代子继续报告道：“今天早上，出发前，琴奶奶吃了三个生鸡蛋……”

“直接喝掉的吗？那这会儿肯定正弹琵琶呢！绝对的！”周平说完，学着琴奶奶弹琵琶的样子，翻着白眼一脸沉醉地唱起琴奶奶最擅长的《城山》[49]来：“明治十年……”

“啊？！”美代子突然尖叫一声，手指向院子里：“是琴奶奶！”

大家回头一看，都不敢相信自己的眼睛——两个大行李包搭在肩上，背着琵琶，正气鼓鼓地站在院子里的，可不是琴奶奶吗！

“这是怎么了？”

“身体不舒服了吗？”

---

49 咏唱发生于明治十年（1877年）的西南战争的琵琶曲。城山位于日本鹿儿岛，是西乡隆盛的败死之地。

“怎么刚去就回来了？”

“有什么事的话打个电话回来不就行了？”

众人一拥而上将琴奶奶围在中间，七嘴八舌地问着。

“哎呀！你们都别抢着问了，我只有一张嘴，怎么回答得过来！”琴奶奶在屋檐下一屁股坐下，“我一到那儿就迷路了！”

琴奶奶咕咚咕咚地一口气喝完一杯水，开始从头讲起：“温泉确实不错，但泡完澡回去的时候就出岔子了。去的时候倒是有人给引路，回来的时候我就不知道怎么走了，这边拐一下，那边转一下，上楼又下楼，根本就不知道走到哪儿了！”

“房间门上不是贴着号码和姓名吗？”

“是啊，我们住的是秋七草[50]区。后来总算找到了，推门一看，居然住着一对新婚夫妇，正腻在一起亲热呢。”琴奶奶说着，把胳膊放到嘴边吸出“吱吱”的声音，向众人展示一番，“唉，真是不知羞呢。我说，请你们到自己房间去亲热吧，结果你猜怎么着，他们说这是他们的房间！”

“肯定是奶奶你弄错房间了。”周平说。

“到底怎么回事？”

“原来他们房间是桔梗，我们的应该是秋荻才对。”

“哦，原来秋七草是这个意思啊！”

“从那时候开始，我就觉得来错地方了，心里涌起不好的

50 指萩、芒、葛、瞿麦、女郎花、桔梗和牵牛花，亦有不同说法。

预感，心情全糟了。”

“糟的是你弄错房间吧！”大家既惊讶又无奈，琴奶奶却更来劲了。

“这样一来，剩下的乐趣也就是晚饭，我下定决心，偷偷地——”

“去偷看了吧？”

“我倒真是第一次见那种场面呢，一间足有百张榻榻米大小的大厅里，天还没黑就早早地摆满了各式菜肴。而且还有服务生，背上背着那种……对了，去海边潜水的时候背的那东西叫什么来着，四四方方的，呼气用的那个……”

“氧气瓶吧？”

“对，就是那玩意儿，一个男的背着那样一个钢瓶，一个桌子接一个桌子地走来走去，他拿着连接钢瓶的管子，就这样‘咻咻’地把汤注到碗里。”琴奶奶弓着腰，学着人家倒汤的姿势在每个人面前作势倒了一碗，然后重新坐下。

“他背后还跟着一个女服务员，‘啪嗒啪嗒’地给倒满的汤碗盖上盖子，没劲透了。”

里子第一次听说这种事情，倒是挺感兴趣：“肯定是为了防止宴会还没开始汤就凉了，才这样盖上盖子。”

“不光是汤，连盐烧鲷鱼都小得可怜，烤鱼放上那么老半天，肯定都干硬干硬的了，所以我就悄悄拧下来一点尝了尝味道。”

“奶奶你居然偷吃别的宴会的东西？”

“难吃死了，谁稀罕！那个领班居然还冲我发脾气，真是讨厌！这种没人情味的地方我一晚上也不想待了。要是万一有个火灾什么的，说不定他们会眼看着老人活活烧死都不动弹一下。想到这里，我就赶紧溜之大吉了！”琴奶奶嘴里说着话，眼睛却在不断滴溜溜地打量着饭桌。

“哎呀是在吃铁板烧啊！我一走大家伙儿可都改善起生活来了！”

“妈妈晚上还没吃饭吧？”

“有我的份儿？没有的话就不用麻烦了，我去外边吃碗荞麦面对付一下就行。”

“美代子，快给奶奶把筷子拿过来！”

“好的，不过奶奶的筷子……”

琴奶奶斜睨了吞吞吐吐的美代子一眼：“没事的，不用慌张。唉，才走了不到一天，就连筷子都没我的份儿了。”

里子不理会琴奶奶的挖苦，径自站起身来亲自帮她夹肉。“妈妈，烤肉要加酱料吗？”

“这么折腾下来，也没胃口吃了。”琴奶奶站起身来，拖着鞋转身往自己屋里去了。

众人面面相觑，眼看着琴奶奶出去。这时，里子仿若想起什么糟糕的事情，突然“啊”地尖叫一声。静江和美代子也回过神来：“这下糟了！”

“老板娘，这下怎么办……”美代子慌了神。

琴奶奶站在自己房间门前，惊讶得嘴巴都合不拢了，怎么也不敢相信自己的眼睛。

房间里一片狼藉，惨状一言难尽。没有榻榻米，地板光秃秃地露在外面；纸门上的纸被撕得七零八落，只剩下木框；抽屉横七竖八地半开着；电灯的灯罩也不见了，只剩下灯泡在半空中晃晃悠悠。这时里子赶了过来，还没等她解释，琴奶奶就冷冷地质问起来："里子，你这是搜查我房间来着？"

"那个，妈妈……"

"哪有趁人不在，就这样搞突然袭击的？！"

"妈妈，不是您想的那样。榻榻米和抽屉都长霉了，我们觉得这样对身体不好，还是给屋子通通风……"

"是我让他们做的！"贯太郎也过来了，"有意见就冲我来！"

"哎哟哟，真是长大成人了，知道护老婆了呢，好威风！"

"我们都以为您是后天才回来，觉得来得及，所以才……"里子说着，伸手想帮琴奶奶把搭在肩上的旅行包放下来。

琴奶奶一把拨开里子的手："里子，今天这妆画得格外浓呢！"阴阳怪气地扔下一句莫名其妙的话之后，不管众人再怎么劝说也都不理不睬了。琴奶奶斩钉截铁地拒绝了众人请她到别的房间将就一晚的提议，而是让人给她从客厅搬过两块榻榻米，晚饭也没吃，就在只剩窗户框子的屋里顶着冷风哆哆嗦嗦地睡下了。不过，深夜的时候还是又要了两碗方便面吃了。

第二天，里子一早起来便小心翼翼的，特地叮嘱周平今天不要随便说“奶奶脏死了”之类的话。还打算给今天要过来的老同学们打电话，通知她们自己临时有事，只能下次再聚了。谁知祸不单行，早饭还没吃完，里子正在厨房忙得不可开交，同学就打电话过来了，而且赶巧不巧电话正好是琴奶奶接的。

那位同学正好也是个粗心的人，以为琴奶奶出去度假，接电话的肯定是里子，说话也有些肆无忌惮，甚至好像还说了“我们家婆婆也给打发出去了，今天过去咱们好好发发牢骚，玩一会儿”之类的。美代子听到赶紧跑到厨房去通知里子，里子赶忙跑出来抢过话筒，说：“实在不好意思，咱们改天再聚——”话音未落，话筒又被琴奶奶一把夺过去。

只见琴奶奶用甜得腻人的声音说：“哎呀，我们正等着您过来呢。”里子想说话，琴奶奶却抱着话筒不撒手，接着又说：“请您不要见怪。”然后挂断了电话。

“里子你真是跟我见外呢，有朋友过来跟我说一句不就行了。”接着摆摆手，不听里子解释便起身走了出去，剩下里子欲言又止，不知所措。

“一大早折腾什么呢！”贯太郎说着，把饭碗递给静江让她给自己去添饭。

静江来到厨房，一边盛饭，一边向母亲说道：“妈妈，没必要取消聚会吧？”

“可是，我总觉得有些提心吊胆，总之，来就来吧。”

"奶奶不是都同意了吗？"

里子叹口气，不知道怎么向静江解释。突然"啊"的一声惊讶地张大了嘴。原来琴奶奶换好了衣服，挎着旅行包，背着琵琶，正站在门外。"好了，我出去了！"

"'出去'，是要去哪儿？"

"既然在家待着会妨碍到你们，我还是去热海算了！"

"妈妈，这是什么话啊！"里子挡住琴奶奶，"我马上就打电话取消聚会。"

"哎哟，里子你就别给我装模作样了。没我你们才自在呢！"

两个人正在拉拉扯扯，美代子和静江也赶忙过来劝说。"奶奶，你赶紧停下吧。""您这么做太为难老板娘了。"

琴奶奶则不为所动："你们别拉着我。"

"奶奶你够了！"周平说着，想把琴奶奶拉回去，结果被她用琵琶狠狠地打到一边。里子见状再也忍不住了，尖叫一声便冲琴奶奶冲了过去，两人扭作一团。

"爸爸，现在可不是优哉游哉吃早饭的时候，你赶紧出来管管啊！"静江想叫贯太郎出来主持局面。琴奶奶却一边扭打着，一边挖苦："哎哟里子，打疼你了吧？"

一直在餐桌前默不作声吃着饭的贯太郎放下筷子，站起身来，一把将两人都推倒在地："你们俩都适可而止！女人家这样闹腾成何体统！"

"可是，他爸你……"里子委屈地辩解。

“贯太郎你这混蛋，连父母都打！”琴奶奶愤愤不平地指责。

“都给我听好了！”贯太郎不为所动，接着说道，“我说让你都叫过来聚聚，你请她们过来就是了。来了就是客人，就要把人招待得高高兴兴的，绝对不能给客人甩脸色看、让人心里不舒服。谁要是不听，不管他是老子还是儿子，到时候别怪我不客气！都听明白了吗？！”顿了顿，又转向琴奶奶，用稍微缓和的口吻再次重复了一边：“明白吗？”

琴奶奶突然“噗”地笑出声来，说：“真是，就开个玩笑而已，里子还当真了！”

阿为匍匐在地上，从走廊下面偷看客厅的情形。里子的三位老同学到访，客厅里叽叽喳喳很是热闹。

三个半老徐娘说话还是跟个小女孩一样吵吵闹闹，让阿为有些吃惊，随即又想到：“要论说话的声音，还是我家老板娘最可爱呢。”

这样想着，阿为又稍稍探起身子，想进一步看看都是何许人也：一个穿西式服装，另外两个穿的是和服——想看看相貌如何，却被正襟危坐在跟前的贯太郎那硕大无匹的屁股挡了个严实，实在好不遗憾。

“贱内平时多蒙各位照顾。”贯太郎背对门口坐下，一本正经地向客人寒暄。三位女士正在吃着茶点，见状赶忙回应：“您太客气了。”看到贯太郎的身材都不禁发出惊讶的声音，顾不上咽下嘴里的茶点，纷纷用好奇的目光上下打量着贯太郎。

“早就听说您家主人体格魁梧……”

“确实，我们家那位去年犯了一整年胃溃疡，现在都瘦得不到一百斤了！”

“我们家那位整天就知道游手好闲。”

“哪里哪里，这么热的天气诸位远道而来，实在荣幸之至！”贯太郎有些招架不住，缩缩脖子继续寒暄道。

“感觉真靠得住呢！”

“一点好处都没有！做个衣服一匹布都不够，因为太胖，洗澡都够不到后背。”里子对同学的夸奖不以为然。

“哎呀，里子平时会帮老公搓背呢！”

“可他自己又够不到。”

“哎呀，真是恩爱呢！”

“你们聊吧，我先出去了！”

“您太客气了！”

贯太郎寒暄完毕，便向客人告辞。正伸着脖子向里面张望的阿为，见贯太郎擦着汗站起身来，赶紧撒腿溜走了。贯太郎出来后赶紧找了个角落，揉揉已经跪麻的小腿。对体重超过两百斤的贯太郎来说，跪坐实在有些吃不消，但在客人面前又不能伸腿坐着。

美代子经过这里的时候，贯太郎冲琴奶奶房间的方向抬抬下巴，问：“怎么样？”

“琴奶奶吗，说是要出来打个招呼，正换衣服呢。”

“嗯。”

“没事的，老爷。”

“但愿吧。”贯太郎松了口气，往车间走去。

“虽然嘴上不说，心里边也是着实挂念着呢，真是辛苦啊……”美代子忽然觉得自己长大了，能够理解成人世界的苦衷。

俗话说“三个女人一台戏”，四个女人聚在一起的热闹程度简直用文字无法形容。几个人尽情地吃着、喝着、聊着，热闹非凡。

“平时还不错，一看起报纸来就完了！”一位女士拿起桌下的报纸，模仿自己老花眼看报纸的样子，一边说一边笑得花枝乱颤。这位女士皮肤白皙，仿若鱼肉山芋饼一般，白白胖胖的。

“我是眼睛还好，但是牙不行了。”这位女士则跟前一位相反，虽然很漂亮，但身材干干瘦瘦的，仿佛晒干的针鱼。

“我也是，你们看，我都装假牙了。”这一位则有些弱不禁风。

“哎呀，你不说完全看不出来呢！”

一番评判下来，阿为觉得还是老板娘最可爱。

“据说全换的话要二十八万日元呢！”

“天！这么贵！不过贵倒是也有贵的好处。”

“等着我把你们也介绍过去，还是一位女医生呢！”

“女医生不稀罕，我平时连给宠物看病都只找男医生呢！”“鱼肉饼”女士用带着几分情色的声音说道。

“讨厌——”里子仿佛回到了学生时代，连笑声都变得如同小女生一般娇嫩。说完，里子看到“弱不禁风”女士正捶着自己的肩膀，于是关切地问道：“肩膀不舒服了？”

“嗯，白天干一天的活，晚上还得给婆婆捶背，累得肩膀有些不舒服。”

众人不禁感同身受地点头赞同，谁知琴奶奶就在门外，听了个正着。

琴奶奶走进屋来向里子的朋友打招呼，举止甚是得体，礼数周到，无可挑剔。穿着打扮十分用心，正符合她“石贯”家长辈的身份。态度也和蔼可亲，把里子夸得天花乱坠。

“怎么回事，您不喜欢热海吗？”

“是啊，虽然儿子一片孝心把我送过去，但是这一把年纪游山玩水已经吃不消了。我呢，儿媳妇对我又这么好，还是在家待着最舒服……”琴奶奶闲话着家常，一边周到地劝客人喝茶吃点心，还不忘夸奖各位女士：“哎呀，这位夫人，您衣服的花纹真是好看呢！”

“里子，你穿衣服也多向人家学学。唉，我平时经常跟她说，可是不管用，总是穿得破破烂烂的。”

一番话下来，琴奶奶把三位女士都给感动了。

“这不是有您替她着想吗！”

“里子，你真幸福！”

里子只好难为情地点点头。正在这时，前门突然开了，一个威严的男声在外面问道：“请问有人吗？”

“肯定是有客人来了，美代子——”里子赶紧叫美代子去迎接。

一直以一副开明长辈的样子客气作陪的琴奶奶脸上却仿佛突然泛起了光辉，一跃而起冲到走廊前边冲门外招呼道：“有人，进来吧，这边走！”

话音未落，只见四个身穿白色衣服的彪形大汉推开前来迎接的美代子，走进门来。

里子几个人莫名其妙，一个个呆若木鸡，说不出话来。

“内村按摩店的师傅们是吧，辛苦了辛苦了！”

“妈妈，这几位是——”

“家里来客人，我就想怎么犒劳你们一下好呢。这几位是相扑手专用的按摩师，你们今天好好享受一下吧。这几位夫人肩膀不舒服，几位师傅要给她们按仔细一些哦！”

“妈妈，我没拜托你找按摩师啊！”

“这是我的一点‘心意’，来，几位夫人，把布带都解下来，只穿短褂就可以了。”

美代子被眼前的场面惊呆了，不知如何是好，只能站在原地呆呆地看着。

“这样拿一个坐垫枕在下面，能轻松不少吧？来，几位师傅，接下来拜托你们了。”

几个彪形大汉嘎巴作响地掰着手指走上前来，几位女士纷纷后退。

“我……我还有事先走了！”“针鱼干”女士大声说道。

“我也是——”“鱼肉饼”女士和“弱不禁风”女士也赶紧随声附和，三人已经挤成一团，吓得瑟瑟发抖。

“妈妈！大家都说不需要了，而且也没有人预约什么按摩服务。您跟几位师傅解释一下，请他们回去吧。”

“那可不行，几位师傅，赶紧开始吧！”

“那就失礼了。”

一个块头比贯太郎还大的秃头大胖子伸手去抓“山芋饼”女士。“啊，救命啊！”接下来，便只剩下女人们的尖叫声。四个中年美女尖叫着四处逃窜，四个彪形大汉围追堵截——那场景比德拉克罗瓦[51]的名画《萨达纳帕尔之死》还要热闹。美代子终于回过神来，高声叫着“老爷——”，飞奔了出去。

琴奶奶手舞足蹈地帮着抓住被吓得四散奔逃的女人们，硬按到按摩师傅那边。正乱成一团糟的时候，贯太郎终于赶到了。

“恶作剧也得有个限度吧！”贯太郎说着，将琴奶奶一把打倒在地。

51　欧仁·德拉克罗瓦（1798—1863），法国著名画家，浪漫主义画派的典型代表。

“什么恶作剧，我这是费尽心思替里子着想啊！”

“妈妈，你太过分了！”里子说话已经带了哭声。

“哪里过分了？！”

“你自己心里不清楚吗？！”贯太郎作势又要动手，琴奶奶急忙逃到按摩师身后四下躲藏，结果又引发了一场大乱斗，按摩师、客人都被卷了进来，玻璃也被打碎了，纸门也被撞破了，里子的同窗会彻彻底底变成了一场“破窗会”。

琴奶奶一个人孤零零地站在车间里。卖豆腐的在门外街上鸣了半天喇叭也不见有人出来，只好走开了。自从把家务活都交给里子，傍晚便成了琴奶奶最难熬的时候。不知是不是没有活干的缘故，总是莫名其妙觉得闲得难受。再加上今天这场风波，更是又添了不少愁闷。车间里只有贯太郎雕了一半的墓碑陪着琴奶奶，从名字来看，这墓碑应该是一个小女孩的。琴奶奶抚摸着冰凉的墓碑，心中百感交集。忽然，琴奶奶发觉身边有人，转头一看，原来不知什么时候上条过来了，正静静地站在一边。

“人上了年纪就会天天念想着能活得长些，其实啊，还是早点进棺材好，就省心了。”

“您最近胃口不好？”

“这倒没有，今天的晚饭很不错。”

上条温和地笑了笑：“既然还有喜欢的美食，就没必要去想死的事情。”

“上条先生对老年人很有耐心呢，跟贯太郎大不一样。”

“这是因为您是别人的父母啊。毕竟，咱们没有亲近到会吵架的地步，甚至连话都没好好说过几句。我只是看见您的样子，不由自主同情而已。”

“……”

“母亲和儿子，能够瞪着眼睛生气吵架，那是件多么幸福的事啊。”

邮递员送来了加急的信件，收件人是里子。

晚饭的时候，迫于贯太郎严厉的目光，琴奶奶小声向里子道了歉。

“里子，今天真是抱歉。”

里子摆摆手，仿佛在说算了，没什么。

“我也是太过死脑筋，完全不会来事。当时妈妈您说叫了按摩师傅过来给我按摩的时候，我其实大可顺水推舟地说，‘是吗，那谢谢妈妈了，能按一按真是太好了。’”

“虽然话是这么说，但是当时那情景，一听就知道是奶奶没安好心眼儿。”“是啊，实在是太过分了，我要是处在儿媳妇的位置上也会生气的。”周平和静江今天都坚决地站在里子一边。连美代子也沉默不语地斜睨着琴奶奶，为里子不平。不过，里子为琴奶奶添着饭，动作却仍然如以往般温柔。

“虽然稍微有些过分，不过作为儿媳妇，家里的老人身体硬朗能折腾，才是最大的幸福。”

大家默然看着里子，揣摩着她这番话的深意。

“听说，松本娘家那边的婆婆病倒了。”

“是老板娘的妈妈？”

方才的加急信件里，说的似乎就是这件事情。

“人上了年纪身体不行了，也不是马上就会怎么着。”

琴奶奶“呼”地一下站起身来。

“妈妈，你不用那么顾虑……”

“吃着饭这是要干吗啊？！”贯太郎咂着嘴，向快步走出去的琴奶奶看了一眼。

“这样肯定让妈妈伤心了。”里子小声念叨着。

“妈您这是怎么了！刚才不是还在愤愤不平吗，觉得在朋友面前丢了大人。”

里子慢慢地捡起掉在桌子上的饭粒放进嘴里：“说实话，大家伙组团一起去热海，你奶奶却一个人先跑了回来，确实有些任性。不过，她心里应该是觉得跟温泉相比，还是家里更好才会……虽然家里经常吵吵闹闹的，但还是觉得在家待着舒服，才一个人跑回来。这一点，我一点没有替她考虑到。”

大家都沉默着，小心翼翼地动着筷子，唯恐弄出了动静。

“上了年纪，身体健康是第一位的，无论是自己还是亲人。”里子凄凉地说。女人嫁作人妇是可悲的。自己的父母照看不得，却要为别人的父母尽孝。

“妈妈将来你要是病了，我一定会回来照看你的！”静江说。

“姐你说的完全不现实啊！”

“如果你觉得回娘家看看比较好，那就……”贯太郎的话还没说完，琴奶奶就冲了进来，手里还抱着昨天的大旅行包。

“奶奶，你又要去热海？”周平见状忍不住惊呼起来。

“喂，都跟你说多少遍了，怎么还不听！”贯太郎也出口训斥。

琴奶奶不理贯太郎，伸手把旅行包递给里子：“里子，这是你买给我的，一直也没真正派上用场过，你回松本的时候就用它装行李吧。”

“妈妈……”里子眨着眼睛，拼命阻止眼泪掉下来。

“肥皂盒啊袜子啊什么的，要带的东西不少呢。”

“……”

“不过里子，咱们要先说好，在那边至少要待够三天两夜，待一天就跑回来可不行。”

“奶奶，干得漂亮！”周平跑过去抱住奶奶，把她拉到自己身边坐下。但当周平看到琴奶奶端起饭碗时，她手上的半指手套已经变成了灰黑色，又忍不住抱怨道：“奶奶，脏死了！”瞬间又变成了平时的腔调。

“手要好好爱护才对！”琴奶奶不服输地还口。这样一来，寺内家的餐桌上终于又恢复了平时的热闹。

这天深夜，里子关窗户时，发觉办公室的灯还亮着。贯太郎坐在办公桌旁，拿着一支崭新的白色编织手套，正细心的剪去指尖的部分，在为琴奶奶做一副新的半指手套。

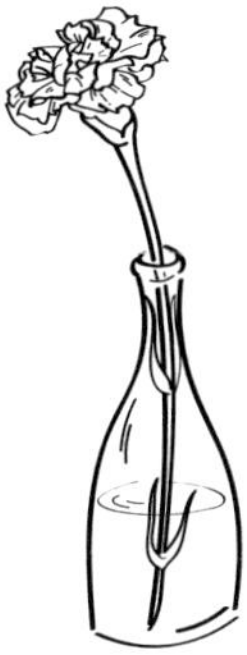

祭乐

"谷中墓地大概有多少坟墓，你知道吗？"

被琴奶奶这么一问，美代子歪着头思考了起来，但是想了半天也想不出个结果来。

"有六千五百个呢！其中有不少名人葬在这里。比如福地樱痴[52]、广津柳浪[53]、上田敏[54]什么的。"

这些都是明治、大正年间的伟大小说家和诗人的名字，美代子并不熟悉，琴奶奶多半也是道听途说来的。

"还有牧野富太郎[55]。"

这个人美代子是知道的。一位有着小狗般温和的脸，编写植物字典的老爷爷。

"接下来就是相马大作[56]、高桥阿传[57]……"琴奶奶又加了几个美代子所不知道的名字，想说有时间带你实地看一看，又觉得让人和自己去墓地太唐突了，便说了句"到时候就拜托你了"，含混了过去。

谷中这个地方，不只是有墓地，也有很多寺庙和神社。不

---

52 福地源一郎（1841—1906），号樱痴，日本长崎人，政治家、文学家、记者。

53 广津柳浪（1861—1928），小说家，擅长刻画底层社会的悲惨和黑暗，代表作有《黑蜥蜴》《变目传》《今户心中》等。

54 上田敏（1874—1916），诗人、评论家。代表作有翻译诗集《海潮音》《牧羊神》等。

55 牧野富太郎，（1862—1957），日本植物分类学之父。

56 相马大作，本名下斗米秀之进，是南部藩的一名下级武士。1821年因藩主受辱愤而前去行刺津轻番主津轻宁亲未遂，下狱而死。与忠臣藏相类似，是日本历史上有名的义士。

57 高桥阿传（1850—1879），日本最后一名被处以斩首刑罚的女性。

知是不是因为旧日东京的氛围浓厚，这里经常举行祭典。

这段时间正是快要举行夏祭的时候，一大早就有地方在进行排练，夏祭的氛围已经迫不及待地随风弥漫到了空气中。

贯太郎一家也早已在早餐的餐桌上因为夏祭骚动了起来。毕竟，今年的夏祭是由贯太郎做主办人，这可是件不得了的事情。

“这是你爷爷死后第一次呢。这么隆重的场合，町内会破例让贯太郎这样一个年轻人做主办人，真是让人高兴。”琴奶奶笑成了一朵花。

周平脸上却看不到喜色：“人家不过看上他长得壮罢了。”

“这可跟块头没关系哦！”静江责备道。

虽然受了姐姐的责备，周平却毫不收敛，随着外面传来的祭乐声扭动着身子说道：“我看大家到时候也别抬花车了，干脆把咱爸当花车抬算了，‘嗨哟！嗨哟！’”结果太过得意忘形，一不留神把酱汤打翻了。

“啊呀，今天已经够忙的了，你就别再添乱了！”里子一边替他收拾桌子，一边抱怨着，擦桌子的动作里却透出不同于平日的高兴。今年不仅贯太郎要担任夏祭的主办人，连御神酒所[58]也要设在寺内家的车间。到了上午十点，神主和町内会的头面人物们都要聚在这里，举行驱邪仪式。因此，阿为这时正带着新来的学徒工“石臼”，早早就过来收拾、归置店里的东西。

58 御神酒所指专门用来演奏祭乐的花车。

“不管怎么说，今天是贯太郎出头露脸的日子，大家不要愁眉苦脸的，好好给他帮忙。”琴奶奶今天也显得格外认真。说完又担心地补了一句：“端茶送酒有町内会的女人们帮忙，但撒手不管也说不过去呢。”

贯太郎也有些兴奋：“那是当然，人手虽然充足，但是漫不经心的话——”

里子也表示赞同，接口道：“那样就有损我家老爷的脸面了。”说完，继续干劲十足地忙活去了。

美代子也喜欢祭典。随风飘来的祭乐声，虽然与新潟乡下的大不相同，但那种引人喜悦的感觉却是一样的。

“不巧今年是副祭年，不过还是很热闹的。”琴奶奶向她介绍。当地的祭典是主祭年和副祭年交替举行。主祭年那才真是隆重，副祭年往往略有逊色。这也是考虑到不给居民和子孙们造成太大负担的一种生活智慧吧。

“人们穿浴衣，抬花车，逛庙会……对了，天气怎么样，看样子应该不会下雨。”

里子抱着崭新的浴衣走进来：“你们看，终于做好了！”里子一边欢呼着，一边按照先长后幼的顺序把浴衣分发给众人。“这是妈妈你的！”“他爸，这是你的！”里子连夜赶制，终于在今天早上把浴衣都做好了。

“今年的纹饰图案真漂亮呢！”平时从不穿和服的静江对祭典上穿的浴衣却不排斥。美代子正想着静江一定是要穿给上条先生看的，冷不防听到里子正叫到自己的名字。

“美代子，这件是你的！”里子微笑着把浴衣递给她。

“啊，连我的都准备了吗？”

“当然！噢，对了，除了浴衣，还有这个。”原来是红色的布腰带和黑底红带的木屐。美代子发出惊喜的喊声，随即端端正正地跪坐起来，俯身向里子道谢：“谢谢！老板娘，实在太谢谢您了！”

美代子此前从未有过的郑重其事的谢语，让贯太郎和里子胸中涌上一股莫名的感动。

“大家都穿上这个，一起去逛庙会吧！”贯太郎说。

“美代子，你还是别跟奶奶一块儿逛庙会的好。捞金鱼的时候，她会一边嚷嚷着，‘为什么只有我的纸勺这么快就破了！’，一边挥舞着手里的纸勺威胁老板。可别提多丢人了！”周平的忠告让大家一阵大笑。

“喂，我的茶要提前凉凉，本来就忙，喝了热茶更得燥得难受。”贯太郎早已满头是汗。

知子莫若母，琴奶奶见状便告诫他：“忙归忙，可是贯太郎，节日期间你可一定要管住自己，不要随便动手打人。”

若在平时，贯太郎肯定早已勃然变色、出言反驳了。但今天贯太郎满脸和气，像一个喜笑颜开的充气娃娃，无论说他什么都是一副笑眯眯的神情：“说的是，本来作为主办人就是要调停矛盾的，带头打架的话，祭典岂不得乱套了。”

“落雪了……”周平模仿着亚当的声音唱起了歌。贯太郎笑着轻轻给了他一拳，仿佛在说，你这小子。

“他爸，一定要记住哦！”里子深知贯太郎的急性子，又不放心地叮嘱了一句，“你那边小心做事，这边御神酒所有什么需要我们也有求必应，过去帮忙。”

“好，那就都拜托大家了！”

“好！”大家齐声答应，美代子的声音格外响亮。

“紧要关头再忍耐一下就行了。今天是五月二十九了？”

听到这句，美代子忽然想起了重要的事情，五月二十九……

琴奶奶数着手指计算着，嘴里嘟囔着三十、三十一……可这些声音美代子已经完全听不到了，只是心里面一遍又一遍地回响着：“是啊，今天是五月二十九了……”

“美代子你怎么了？”里子一脸不解地问道。

“那个……五月二十九是……”是我妈妈的忌日，美代子张开嘴，后半句却犹豫着无法说出口。

“夏祭真是让人开心呢。”琴奶奶伸着满是老人斑的手，随着祭乐在空中打着拍子，满是兴奋的神情。美代子见状，后面的话更是无法再说了，只是默默起身离席，回到自己的房间，拉上门。

桌上小小的照片里，母亲仍在温柔地笑着。美代子把照片拿在手里，静静地看着：“妈妈，真是抱歉，今天竟然连您的忌日都忘记了……”

外面隐约传来祭乐声，客厅里一家人欢笑的只言片语也时不时地飘进屋里来。美代子把刚才收到的崭新浴衣，还有黑底红带的木屐，都放到了桌下。

“美代子！”里子叫她过去。

“来啦！”美代子一边回应着，一边抓紧时间又向母亲说，“大家今天都很开心，所以我没跟他们说今天是您的周年忌日……”

御神酒所里，伴着录音机里播放的祭乐声，诸位主办人都到齐了，大家都穿着浴衣，相互交谈着，十分热闹。

“看样子，今年的祭典期间，应该不用担心下雨了。”说话的是町内会的元老三津田，从一开始，他便复读机似的一直念叨着这句话。

“看样子是不用在雨中过祭日了……”寿司店老板的回应也是老一套，“不过呢，确实给石贯先生添麻烦了，占了您做生意的地方。”

“不会的，这几天都是到客户家上门服务的活儿，我都安排好了，您不必担心。”身处一帮老头子当中，贯太郎今天格外的驯顺老实。

“石贯先生，有捐赠，拜托您来记一笔。”办公室那边传来“花熊”的声音。

“好，来了！”贯太郎常年写墓碑锻炼出来的书法还是很受欢迎的。

办公室里张着横纹彩色大幕，静江正帮着接待客人。美代子站在旁边，正在缝制土产袋，以便一会儿发给抬轿子、拉花车的孩子们。

听到孩子们敲太鼓的声音，静江想起了正在公寓里一个人等着父亲回来的小守。

“美代子，这边——能帮我照看一下吗？”静江冲抬头看过来的美代子腼腆地笑笑，“我顶妈妈的缺，这边不能没人照应着。”

“没问题，你去吧。”

静江飞也似的跑了出去，走路的姿势比平时瘸得更厉害。

美代子拼命地加快了手上的速度。祭乐和太鼓声愈发欢快了起来。御神酒所里挤满了人，美代子决定不引起任何人的注意。

有人要茶，美代子便大声答应，送茶过去。有客人要酒也是一样卖力。只是，美代子并没有穿着浴衣，因为她觉得自己本该穿着黑色丧服度过这一天。此外，美代子还决定，今天不能露出笑容。虽然经常有人说她别无长处，唯有笑脸可爱，但唯独今天美代子不想冲任何人笑。

里子发觉美代子有些不对劲，似乎是在气鼓鼓地干着活。问她有没有试试浴衣，也只是回了句，“一会儿就穿”——但能明显感觉到那浴衣她压根儿连试都没试过。她因为什么事生气了呢，里子想来想去，也想不出个头绪，想来只能等事情告一段落再问她了。里子忙着烧开水、准备酒菜的时候，静江带着小守回来了。琴奶奶今天少见地涂上了口红，还细心化了妆，正在客厅里给小守穿上他的浴衣。静江穿着浴衣，让里子帮她调整腰带。美代子抱着御神酒所换下来的脏茶杯过来，正要运到厨房里。

“哎呀，妈妈，太紧了！”

“既然要别人帮忙系腰带，就别抱怨松了紧了！”里子故意把腰带抽得紧紧的。美代子怕自己触景伤情，赶紧低头专心整理茶碗。琴奶奶给小守眼角抹上些胭脂，鼻梁涂上些白粉，满意地说道：“瞧瞧，也挺像回事嘛！跟大老爷似的，男人派头十足！”

“好，那我们去玩吧，小守！”静江拉起他的手，又转身问道，“这样看起来，像不像真正的母子俩！”

“我看不像。”琴奶奶淡淡地说，“养孩子可是要每天都殚精竭虑的。喂他吃饭，给他擦鼻涕，陪着他说这聊那，一会儿哭了，一会儿叫了，常常让你不知所措。更悲哀的是，不知不觉间他就长大了。像你现在这样，带着他去逛庙会简单，真正要负起母亲的责任就完全是另外一回事了。”

“妈妈也这么觉得？”

“……是啊，我也这么觉得。”里子虽然嘴上犹带着笑，话语却清晰明了。

静江突然笑了："美代子，你听见了吗，奶奶和妈妈，都是满肚子的担心呢。"

"担心也好、怎么着也罢，只要还在你身边就足够了。帮你系腰带，呵斥几句，真让人羡慕呢。"说完，美代子抱着洗好的茶碗又回御神酒所去了。

"原来你这样想啊，美代子……"

"她妈妈去世了。"琴奶奶照看着小守，嘟囔了一句。

贯太郎看到静江把小守带了过来，也没有说什么。只是往小守扎着缠头绳的脑袋上弹了一下，没有说话。小守认出了这位曾陪自己玩耍的老伯，所以并不害怕，冲贯太郎开朗地一笑，露出洁白的牙齿。

御神酒所旁边有专供孩子敲打、玩耍的太鼓，这时正被大孩子们霸占着。小守面对跟自己完全不同年龄段的孩子们有些胆怯，一个人孤零零地站在旁边，眼巴巴地看着他们玩耍。贯太郎走了过来，腰带上还别着祭礼用的团扇，他弯下肥胖的身子拜托正在敲鼓的孩子们："小朋友，稍停一下，让这位小朋友敲几下可以吗？"

小守接过鼓槌，"咚"的一声，用力敲了一下。

他们身后稍远的地方，上条正静静看着这一幕。静江站在他身边，头倚在上条肩上，眼睛竟似乎有些湿润了。

到了傍晚，客厅已经变成了醉汉收容所：这一个枕着坐垫横躺着，那一个倚着墙壁睡得正香，都是贯太郎嘴里说着“请到屋里休息一下”，硬给塞进来的。里子和周平也在这里，穿着牛仔裤的周平推开妈妈递过来的浴衣，正闹着别扭：“我不想穿！”

“怎么了，去年不是还挺喜欢穿的吗？”

“总不能一直跟个小孩子似的吧。”

美代子小跑过来：“老板娘，老爷问还有没有烟灰缸了。”

“有有，你跟他说一会儿就拿过去。啊，美代子你先歇口气。”

周平想趁这个空当逃走，却被里子抓住T恤衫的衣角：“周平，你爸爸说让你穿得整整齐齐过去跟客人打个招呼。”

“为什么非要我过去打招呼？！”

倚着墙壁的客人似乎被周平吵醒了，东倒西歪地挣扎着想站起来。

“您想去厕所吗？美代子，快给客人带路。”

“请往这边走。”

男人却摇摇晃晃地作势要抱住美代子。

“啊——！”美代子发出一声连自己都吓了一跳的尖叫，一把推开了他。

“哎呀疼疼疼……你干什么啊？！”

里子若无其事地扶起醉汉：“哎哟，您这也喝得太过了，没扶您实在抱歉呢。没事吧，厕所就在走廊尽头，烦请小心一些，别弄得满地都是，好了，您赶紧去吧！”里子拍拍他的后背，干净利索地把人送走了。

醉汉的身影消失在走廊尽头的时候，里子转身冲美代子笑笑：“祭典的时候都这样，别在意。”

美代子还没有说话，周平为她不平起来：“就算是祭典也太过分了些。”

“我也觉得过分，虽说是节日，喝得烂醉给别人添麻烦也是不好。”

“嘘——，小心被人听见。”里子回头看了看枕着坐垫睡得正香的那位，提醒周平和美代子不要再说了。

“听见就听见呗，不就这么回事吗！”周平还不服气，正要继续抱怨的时候，贯太郎走了进来。

“喂，磨磨蹭蹭干什么呢！快点换上衣服出来跟客人打个招呼！”

“干吗非要我过去打招呼？！”

“快点！”

“跟什么人打什么招呼啊！”

“你说什么？！”

“又不是黑社会。父亲当个祭典主办人，就得把儿子叫出来打招呼，点头哈腰地‘这是不成器的犬子’，没那个必要吧。”

“混账东西！”贯太郎今天不好动手，只能愤怒地指指点点教训周平，“小毛孩子一个，却天天胡吹大气！人活在世上，不是单打独斗就能行的。遇上地震火灾的时候，还是得靠邻近的人们帮忙！”

“对啊对啊，就是这个理！”醉汉突然坐起来喝了声彩，然后便又瘫倒睡去了。

“到了那样的关键时刻，平时的关系就派上用场了！”

“那我小心不惹出火灾就好了！”

“混账东西！”贯太郎怒不可遏，一把抓住周平胸口。

里子见状赶忙上前按住贯太郎的手：“他爸，今天可是节日呢。”

“管他什么节日忌日，今天非把这混蛋的筋给正过来不可！”

眼看又是一场拳脚相加的乱斗的当口，“花熊”在院门外叫起贯太郎来：“小贯，拜托过来记一笔！”

“忙着呢！你自己不会写字吗？”

“小贯啊，话可不能这么说。”估计“花熊”一看这架势，便明白这又是一场寺内家常见的父子冲突，所以故意压低了声音，冲贯太郎使个眼色，“人可来了哈，非要我去记也可以。”

“谁来了！正忙着呢，你赶紧说明白！”

“还能有谁，凉子小姐啊。”“花熊”所说的自然是“雾雨”酒馆的老板娘，贯太郎和他都是那里的常客，据说她今天穿着漂亮的浴衣，过来送捐献了。

“走吧！真是，连记个账都得我过去！”有里子和周平看着，贯太郎赶紧含混着，但走之前仍不忘教训周平：“喂，我刚才说的话，你要好好想一想！”说完敲了下周平的脑袋便走了出去。

周平突然扭扭捏捏地说：“妈，你帮我系腰带，我也要出去看凉子小姐。”

里子哭笑不得：“自己系去！”说完把浴衣和腰带扔给他。不过说归说，单靠周平自己还是系不上腰带，里子只好帮着比自己高一头还多的儿子穿浴衣。

“好了，你看看，噘着嘴发了半天牢骚，到头来穿上不也挺帅的吗！是吧，美代子。”周平因为刚才还当着美代子的面跟母亲唱反调，这时有些不好意思。美代子似乎也有些意兴索然，转过头沉默不语。

“哇！周平，好帅啊！”阿为出工回来，站在廊下出声称赞。

“辛苦了，肯定累出一身汗，赶紧去换衣服吧。”

“好，谢谢您了。想想就觉得高兴，洗个澡换上崭新的浴衣，拎着酒壶一路跟着队伍‘咚咚锵咚咚锵’！”阿为乐不可支，随着祭乐声扭动着身子。

“阿为这么喜欢祭典啊！”里子感叹道。

“老板娘你可不知道，我小时候可是被称作‘祭典之王阿为’呢！”

“能理解，你和那些乱糟糟热闹的地方简直就是绝配！”周平也笑着打趣。

阿为兴高采烈地喧闹着，突然看到美代子还穿着牛仔裤，便奇怪地问道：“咦，美代子怎么不穿浴衣呢？”

美代子没理他，抱着洗干净的烟灰缸起身走了出去。里子看着她怏怏不乐的背影，忍不住有些担心：“这孩子，今天身体不舒服了吗？”

御神酒所里，贯太郎因为刚刚见到了凉子小姐，脸色终于稍微和缓了下来，此时见到周平穿着浴衣过来，更是心情大好，眼睛乐成了一条线。

“这是我家长子，不成器的家伙，还希望各位多多提携。”贯太郎寒暄着，把周平介绍给各位宾客。

“哟嗬，这才几天不见啊，长这么高了！”

“就是光长个儿不长脑子……”贯太郎谦虚着。

“来，喝一个吧！”客人们一个接一个端起酒杯。

贯太郎点头答应着，冲周平说：“痛快喝掉！”

“先干为敬！”周平听话地一口喝干了杯中的酒。

“真懂事啊，小贯你教子有方！现在的年轻人，愿意跟老一辈人推杯换盏的可不多喽！”“花熊”慨叹道。

贯太郎看到自己的爱子受到众人赞赏，自是颇为得意。而周平也够争气，一杯接一杯地酒到杯干，豪气十足，跟几杯就醉的贯太郎完全不一样。美代子送来下酒的花生，见此场面，一边开着花生袋子，一边愤愤地想着：“什么嘛，刚才还说讨厌祭典呢，原来只是嘴上说得漂亮，真做起事来立马抛脑后，没想到连周平都这么没骨气！”

贯太郎帮周平正正衣领，感觉十分满意。穿戴整齐的父子俩，一个肥壮，一个瘦高，站在一块儿对比十分鲜明，莫名带着几分滑稽。但对美代子来说，这场景却令人心酸。今年是父亲去世的第五个年头了，哦，还有母亲也去世一年了……美代子想着。

“大姐——”町内会的三津田在叫她，催促她送酒过去。美代子因为讨厌“大姐”这样的称呼，就没答应，只是沉默地走过去。

已经喝得醉醺醺的三津田老人看到美代子，通红的脸膛仿佛泛起了光，冲美代子笑着感叹：“年轻就是好啊，我这把老骨头，不知道还能不能看到明年的夏祭！”当然，这样的台词他已经重复了差不多十年。如果只是这样倒也无伤大雅，结果老人叫着“大姐”一把抓住了美代子的手。

“是吗？”美代子敷衍着，声音里透着慌乱。她转身想抽出自己的手，却一时抽不开。旁边的“花熊”见状赶忙上前隔在两人中间：“好啦好啦……”他一边努力拉开三津田老人的手，一边叮嘱着美代子：“美代子，年轻姑娘要嘴巴利索会撒娇，快想个话题跟老爷子聊几句。”

“老爷子您今年贵庚？”慌乱下美代子也想不出什么话题来敷衍。

“七十三……诶，七十三还是七十四来着……”三津田说着，手却又伸了过来。美代子一把拨开他的手，想都没想就干脆地说道：“活这么大年纪也足够了！”

此话一出口，一瞬间御神酒所里鸦雀无声，连兴致高涨的三津田也忍不住露出了扫兴的表情。

“美代子，这是怎么说话的！”贯太郎气得几乎暴跳如雷，旁边的周平和“花熊”赶紧一左一右紧紧按住他。

“哎呀小贯，多大点事，消消气……”

“爸爸，你冷静点！”

美代子飞奔了出去。

正在厨房做稻荷寿司[59]的里子和琴奶奶成了替罪羊。“再怎么年纪小，也不能对町内会的老人那么无礼吧？！”贯太郎怒不可遏地冲两人吼着。

“她平时也不是这样的。啊，妈妈，用葫芦干怎么样？”

“稍微有些辣，不过煮了这么长时间应该没问题了。”

“扯什么葫芦干？我今天可是在客人面前丢了大人！”

“啊，里子，你塞那么多进去，待会儿下锅一炸可是会破的哦。哎呀，你干什么都笨手笨脚的。”

59　指寿司饭混入煮好的萝卜或者芹菜等蔬菜做馅，填到过油并煮好的豆腐中制成的寿司。

“我明白了，抱歉。”

“喂，你给我把美代子叫过来！”

“他爸你也是，就算要骂人也等祭典结束了再说吧。”

“训孩子跟训小猫小狗一个道理，不当场教训就长不了记性！你赶紧把她给我叫过来！”

里子无奈，草草扒了扒粘在手上的饭粒，起身去找美代子。

美代子却没在房间里。空无一人的房间里光线昏暗，小桌子上摆着美代子母亲的照片。一枝白色的康乃馨插在花瓶中，仿佛供奉似的放在照片前面。里子未做他想，随手正了正插在花瓶里的花，注意到了桌下叠得整整齐齐的浴衣，不禁感到奇怪：“美代子这是怎么了？”

美代子来到谷中墓地，在一个小小的墓碑前，蹲下身子，双手合十默默祈祷。虽然依旧能听到远处传来的祭乐声，但在墓地这边，心中莫名觉得安静了下来。

“美代子，你在干吗？”

美代子回头一看，原来是“花熊”跟了过来：“‘花熊’先生，您怎么来这儿了……”

“无意中看见你似乎往这边跑了，就跟过来看看是怎么回事。节日里大家容易喝多，怕你是受了什么委屈。”

“今天……真对不起……”

“木下三江之墓……你们认识？”

美代子摇摇头。

“但是你刚才不还在这里祭拜吗？”

“我在找和我母亲同样年纪去世的人，可是找不到。只有这一位是四十三岁去世的，就连这个比较接近的岁数也是费了好大的劲儿才找到的。”

“为什么突然想起找这个来？”

“……今天……是我母亲……去世一周年的忌日。”

“令堂是在去年的今天去世的？”

“我本来想说出来的，可是一想难得的节日，大家都很高兴……”

“原来是这样啊……”

“‘花熊’先生，请您不要告诉别人。”

“扔下这样一个如花似玉的女儿，令堂走的时候想必也是万分放心不下呢。”“花熊”摘掉包在头上的手巾，站在墓前郑重地鞠了一躬。

“喂！你跑哪里去了？”吃晚饭的时候，贯太郎开始厉声质问美代子。一家人战战兢兢地吃着稻荷寿司，在一边听着。

“喂！你给我说话！跑哪里去了？”

“我说不出来。”

“什么叫‘说不出来’？”

“他爸，差不多行了，这不是都好好地回来了吗……”里子打着圆场。贯太郎对她置之不理："你给我闭嘴！又不是天天都是祭日，一年就这么一次，一次也就三天。更何况今年还好容易赶上御神酒所设在家里，这可是十年都碰不到一次的机会。这么难得的日子，你居然……"

"贯太郎担任主办人出头露脸这么重要的日子，就算再怎么忙也该咬牙坚持下来啊。"琴奶奶嘴里一边忙着嚼寿司，一边不忘表示嫌弃。

"不过呢，这不是遇到醉汉，被摸手揩油了嘛。"周平插嘴为美代子鸣不平，静江也在一边帮腔："美代子也就是抽空喝口茶歇口气罢了。"

"你们几个，没问你们就给我闭嘴！为了祭日跑来跑去端茶倒酒，确实是分外的工作。不过，这之前我什么时候这么使唤过你？一次都没有！结果你被上年纪的人摸了下手就甩脸子跑了！"

"年轻女孩家难免脸皮薄，他爸你说是不是？"

"你给我闭嘴！"贯太郎喝退里子圆场的话，愤怒地瞪着美代子。美代子抬起头，毫不示弱地直视着贯太郎铜铃似的大眼："我不是因为那件事才跑出去的！"

"那是为什么！大好节日，一个年轻姑娘家板着个脸，浴衣也不穿——这么任性，以后就算嫁出去了，也得惹婆家嫌弃！"

"老爷，我——"美代子也不知道自己为什么就脱口而出，"我觉得，祭典就不该办！"

“你说什么？！”

“大家捐钱出来，吃吃喝喝，吵吵闹闹——您不觉得这很荒谬吗！街上的路坑坑洼洼没人想去修，路灯坏了晚上一片漆黑也没人管，却凑钱让町内会的人喝得烂醉如泥！”

“满嘴歪理！”

“一大早就咚咚锵锵地开始放音乐，完全不顾会吵到病人，会影响到正心情烦闷的人们，这实在太荒唐了！”

“混账！祭典是——”

“只有幸福的人才会乐在其中！我讨厌祭典！非常讨厌！”美代子声音颤抖着说完，便跑了出去。

美代子回到自己屋里，在母亲的照片前坐下，忍了一天的眼泪终于落了下来。

贯太郎回到了御神酒所，把酒一杯接一杯地倒进喉咙。

“目中无人，没大没小！”

“小贯，你又在为什么事情生气呢？”“花熊”过来，拍拍贯太郎的后背。

“还不是在家里干活的那姑娘，真想狠狠揍一顿让她清醒清醒，简直不像话……”

“哦，原来是美代子啊。”

“正忙的时候不管不顾自己跑得没影，问她去哪儿了，就是‘说不出来’‘不想说’！”

“那小贯，你觉得美代子是去哪儿了呢？”“花熊”说完，顿了顿，又接着答道，“是去墓地了啊！美代子跑去墓地找和自己母亲一样年纪去世的墓碑去了！”

“和她母亲同样年纪……”

“今天是她母亲的周年忌日啊！”

贯太郎沉默地放下了酒碗。

里子坐在美代子的房间里。美代子倔强地转身背对着里子，手指拨弄着桌上的白色康乃馨。远处仍不时传来隐约的祭乐声。

“美代子，你是身体不舒服了吗？我有时候也这样，更何况你来到一个新环境没多久。如果是这样的话，你就跟我说一说，女人间……”

“我没身体不舒服。”

“……那当然最好。我这个人啊，脑子不够清楚，也不太通人情世故，被咱家老爷骂几句也是家常便饭。”里子抚摸着桌上的照片，“这是你母亲吧。你们眼睛长得真像，几乎一模一样呢。”

美代子也忍不住悄悄抚摸着照片。

“要是自己亲妈的话，女儿是身体不舒服还是有心事，肯定是知道得一清二楚——你妈妈，多大年纪去世的来着？”

“三十八岁。”

“正是好时候啊。”里子慨叹一声，并没做多想，随口接着问道，“是哪一天的忌日？”

美代子没有说话。

“美代子……”

“是今天……”美代子小声回答说。

“美代子，你怎么不早点告诉我！”里子又是惊讶又是心痛。

这时外面传来了贯太郎的大嗓门：“喂，大家都过来！”“喂！都过来！静江、周平、老娘！大家都过来！”

里子和美代子也起身过去看看是怎么回事，却被客厅里的情形吓了一跳。原来贯太郎带了一个和尚回来。

“啊，是方丈大师！”贯太郎带回来的，正是菩提寺的老方丈，而菩提寺则是寺内家世世代代做法事的地方。

“怎么回事啊，这是突然要做法事吗？”眼看着老方丈披上袈裟开始准备，静江、周平和琴奶奶都是一脸莫名其妙。

“他爸……”里子突然明白了贯太郎的意思。

“喂，美代子，把戒名告诉大师！”

“戒名？”美代子还没有反应过来。

“你过世母亲的戒名！”

“……老爷。”

“母亲周年忌日，不好好告诉方丈可不行哦！”

“贯太郎，你是因为这个才去请方丈……”琴奶奶频频点头，表示赞许。

贯太郎轻轻戳了下美代子的头：“快，戒名！”

“境相院……美德妙操大姐……”一股感动涌上心头，美代子说到最后已经泣不成声。佛堂上贴着贯太郎亲自题写的戒名，照片里美代子的母亲笑靥如生。贯太郎和里子手持佛珠，一左一右陪伴着美代子，静江、周平和琴奶奶站在他们身后。大师的诵经声仿佛直透人心。美代子不禁再次泪流满面。

深夜时分，天忽然下起雨来。

御神酒所的神灯也被雨打湿了。祭典的热闹过后，只剩下莫名的落寞。

静江正在帮琴奶奶在足底贴膏药。“奶奶，祭典和法事，一块儿办没关系吗？”

“没什么忌讳的。”

“但是按照平时的说法‘冠婚葬祭’，这样不就冲突了吗？”

“没关系的。喜事和丧事赶在一块儿的时候，丧事会更紧要些。”

“这么说……”

“比方说吧，假如收到了婚礼和葬礼通知，两个又正好在同一天，选择去参加葬礼才是该有的礼节。”

“那今天帮美代子做法事……完全合情合理呢。”

“贯太郎这家伙虽然惹人讨厌，但是不管再怎么大呼小叫，在关键的事情上还是靠得住的。”琴奶奶嫌弃着贯太郎，但还是忍不住为自己的儿子感到高兴。

里子把浴衣叠好收起来，贯太郎正拿着捐献簿在一边算着账。

“美代子的母亲，三十八岁就没了。”

“岩本煎饼三千元，玉寿司五千元……”

“他爸……”

“玉寿司五千元，清酒一瓶。”

“他爸，要是你的话……”

“立花眼镜店……你好烦！别人正记账的时候别捣乱！”

“对不起。”

“立花眼镜店……你看！害我写重了！”

“对不起。”

“大泽正吉三千元……你想说什么来着？”

“没什么，反正也不是什么大不了的事情。”

“既然说了就完整说出来！”贯太郎性子急，为这样的小事也能吼起来。

“是这样，我本来想问让你选的话，你会选择什么年纪死掉？”

“这种事情要是个人能决定还要老天爷干吗！女人家真是，不可理喻！”

“是啊，光想想就觉得挺蠢的。”

贯太郎又打开捐献簿，头也不抬地突然说了句：“什么时候都无所谓，只要死在你前边就行了。”

“他爸……”

走廊里传来脚步声。

“那个……晚安！”美代子穿着早上领到的浴衣，系着红色的腰带，俏生生地站在廊下。

“啊……”贯太郎转过头，板着脸看着她。

美代子手里抱着黑底红带的木屐，原地转了一圈，展示了自己穿浴衣的样子，随即跪坐下来，郑重地低头道谢：“谢谢老板娘！”

“正合身呢，真漂亮！”里子赞许道。

“还有，法事的事情，也太感谢您了！”

贯太郎郑重地点点头。

“晚安！”美代子大声说，声音又活泼了起来。

“晚安！”贯太郎用他雷鸣般的大嗓门回了一句。美代子的脚步声远去之后，里子突然从背后抱住了贯太郎：“他爸……”

“傻婆娘你干吗，什么年纪了！”

“什么年纪也不管……”不知道为什么，里子忽然有种想哭的冲动。

梅雨来客

一到梅雨时节，周平总是觉得难熬。

和父亲贯太郎一样，周平也是个急性子，觉得下雨就应该有下雨的样子，夏天午后或者傍晚时分，那种哗啦啦地下上一阵，又雨过云收的干脆阵雨才合他的胃口。不知是不是因为早上一起来天就阴得沉实，所以头也觉得晕乎乎的。已经入夏这么久了，却从来没有过一个大晴天，每天都是这样闷乎乎不爽利的天气，像极了落榜苦读的“浪人”生活。周平百无聊赖，信步走进院子里，看到树枝上爬着一只小小的蜗牛。

“蜗牛在枝，天下万物各适其宜!”[60]

周平想起了英国诗人勃朗宁[61]的名句。今天一天又要平淡无奇地过去了，吃早饭的时候，周平还在这样想着，觉得好没意思。但是，周平没想到的是，这一天的热闹将超乎他的想象。

首先是岩老从大阪回来了。本来是因为神经痛的老毛病过去休养，顺便也从长久的工作中解脱一阵，但与成为儿子的累赘相比，岩老似乎更喜欢坚持工作自食其力，所以很快就又回来了。岩老带了些大阪特产的咸煮海带和粟米饼，过来打招呼，还没来得及说话，琴奶奶便促狭地叫着：“老岩——”，挥

60　出自《比芭之歌》(Pippa's Song)，原文为：The snail's on the thorn. God's in his heaven, All's right withthe world.

61　罗伯特·勃朗宁（Robert Browning，1812—1889），英国诗人、剧作家，主要作品有《戏剧抒情诗》(Dramatic Lyrics)，《环与书》(The Ring and the Book)，诗剧《巴拉塞尔士》(Paracelsus)。

舞着一张已经泛黄的和纸，递到他面前。

这张纸几乎已变成了茶色，上面用拙劣的字迹写着“好”“恋”“惚”“爱”[62]几个字，署名则是仓岛岩次郎。岩老戴上厚厚的老花镜，睁大眼睛眨巴眨巴看了半天，才“噢！”的一声反应过来，随后便想把纸抢过来。但琴奶奶早已飞快地逃开了，两个老人在客厅里一个追一个逃，好不热闹。

“都给我停下！两个人都一把年纪了，像什么话！”

两个人在贯太郎的叱喝声下终于老实了。琴奶奶解释说，这是岩老五十年前的大作。那会儿岩老还只是一个小学徒工，琴奶奶也还是贯太郎家的女用，上上代的贯太郎教家里的工人们学写字。有一天，岩老便偷偷递了这份“情书”给琴奶奶。

“‘喜欢你，恋着你。为你倾倒，我爱你。’岩老，还挺像那么回事嘛！”岩老正在喝着茶，被周平拍着肩膀一打趣，一下子呛到了。

“奶奶，看样子当年你可是差点就嫁给岩老了呢！”打趣完岩老，周平也不放过琴奶奶。

“才不是，我对比自己大的女人没感觉的。都是没影儿的事！”岩老摇摇脑袋，嘴硬得很。

“这件事过了不久，上上代的老爷子就跟我说‘嫁到我们家当媳妇吧！’所以……”

“啊！那就是说岩老当年被甩了？”

62 这几个汉字在日语中都有爱恋之意。

“都五十年以前的事情了，也说不上谁甩谁了，是吧，岩老？”贯太郎过来打圆场。

岩老稍微挽回了点颜面，赶紧借坡下驴：“好像也就是白白丢了个人，没什么结果。”说完又露出了招牌式的笑容，“旧体的‘恋’字看起来真让人怀念呢！”

里子见周平仍然紧抓着那张纸不肯罢休，赶紧提醒他：“你不许再胡闹了！”然后又小声问贯太郎，“说起来，那个人什么时候到？”

“不是今天就是明天吧。”

“‘那个人’是谁啊？”琴奶奶一贯喜欢在他们夫妻咬耳朵的时候插嘴。

“佐竹的……直子小姐。”

“直子……是谁来着？”

“就是那个大美人。嫁到足利去的那个，应该算是爸爸的表姐妹吧？”静江曾经和她见过面，但是周平完全不记得。

“她要来我们家吗？”静江问。

“她大概还以为在东京有余情未了呢。其实呢，早已经是覆水难收了。说一千道一万，都是她不好！”

“妈妈你别翻那些老黄历了……”里子连连对琴奶奶使眼色，让人更觉得事有蹊跷。这时，岩老又和平时一样，变成一脸什么都没听到的表情。

“今天这雨，看样子又得下一整天呢。”

听琴奶奶这么一说，大家都转头望向屋外。细雨如丝，打湿了树叶，却没有一点声音。

下雨的午后，总是让人倦怠欲眠。贯太郎拿着设计图昏昏欲睡，阿为和“石臼”也懒洋洋的，比他们雕刻的墓碑还要半死不活一些。只有岩老仍紧握着凿子，一如既往地干着活。

周平把里子的梳妆台搬到了客厅，一路小心翼翼，生怕把镜子打破了。琴奶奶背着琵琶去参加排练了，里子出去买东西。美代子去了区政府，静江则因为小守吃坏了肚子过去照看他。所以今天家里，便只剩下周平一个。

周平脱掉T恤衫，又走到廊下，警觉地四下看了看，随后拉上了门。接着，周平把裤子也脱掉，开始往身上涂防晒油，屋里也随即弥漫起一股防晒油的气味。周平对着镜子，模仿着健美运动员，摆了个姿势，感觉无比爽利。

纸门悄悄拉开了一条缝隙，周平却全然不觉，继续弯曲手腕，绷劲肌肉，换个姿势继续自我欣赏。

“噗——”门外有人笑出声来。

周平大吃一惊，回过头来。透过门缝可以看到外面正有一个女人向屋里张望。

“你长大了呢，小周平。身高有多少？”

周平一边慌乱地用浴巾裹住自己，一边下意识地结结巴巴地回答说：“一百八十一公分……”绝对不愿意别人知道的私密事被看了个精光，周平感到无比窘迫，连伸过去拿T恤衫和裤子的手都忍不住在颤抖着。

“那个……您是哪位？”

“你不记得我了？咱们见过面的啊。对了，那时候你还在上幼儿园呢。”

“幼儿园……”

“我是直子啊，足利的……”

“啊，原来是您啊，今天早上，他们还说起阿姨您的事情来着。”

“叫‘阿姨’多让人难过，还是直接叫名字吧。”

“……直子小姐。”

直子仿佛觉得有些滑稽，又笑了笑，说：“你妈妈她们去哪儿了？”

“去站前买东西去了，应该快回来了吧。”

“又是梅雨季节呢。”直子感叹着，想用手绢擦擦被细雨淋湿的头发。周平递给她浴巾。直子接过来，擦拭头发，抹过发际，抬手时袖口露出洁白的小臂。周平想穿上T恤，结果着急忙慌怎么也穿不上。

“你看你看，别慌，慢慢来。”直子正要上前帮忙，又看到周平涂过防晒油，便劝他，“你先别着急穿。你不是涂防晒油了吗，不擦干净就穿衣服，皮肤会起疹子的。”

直子用浴巾使劲儿帮周平擦后背时，周平自己也不知道为什么，莫名觉得背上寒毛直竖，竟起了一身鸡皮疙瘩，赶忙打住：“好了！干净了！”说完赶忙一把抢过T恤和裤子，躲到厨房去了，慌忙中还撞倒了茶壶，一路丁零当啷。好容易冲进厨房，想给客人倒茶，手却抖得怎么也倒不成。直子则悠悠然望着门外雨中的庭院，慢慢脱掉了袜子。

周平端茶上来，默默放下。直子脱下的白色袜子上的泥点，让周平觉得有些刺眼，又忍不住盯着看。周平从壁橱里拿出电风扇，打开开关。直子喝够了茶，伸手到包里摸索着：“路上本来打算买烟来着……”

周平掏出自己的烟递过去，直子拿出一根衔在嘴里：“其实我只抽七星牌的。”

两人抽着烟，注视着雨中的庭院。细雨如轻烟般降下，屋里的电风扇摇着头，发出宛若蚊蝇般的轻响。

“下雨天抽烟味道和平时不一样呢。”周平将烟慢慢吸入肺里，回味着说道。

这时，便门处传来声响，周平条件反射似的将烟碾灭，还使劲儿挥着手，把烟扇走。

里子穿着雨衣走了进来。“啊呀，直子小姐。什么时候到的，怎么也不提前打个电话说一声。”

“真抱歉，也是太匆忙了些。好久不见！”

“干吗啊，这么正式。咦，我的梳妆台怎么在外面？”

“那、那个……”周平听到顿时面红耳赤，张口结舌的想要辩解时，直子却若无其事地说："是我拜托他搬出来的，因为淋了雨，想整理一下衣服……"

周平长舒一口气，感觉浑身无力。

"说起来，这次怎么这么匆忙？"

"现在正开着家庭会议呢，还是避开的好。那边的亲戚估计也都是支持离婚的。"

"到底还是要离婚吗？"

"过错在我身上，也是没办法的事。"

"人这一辈子也难免鬼使神差，糊涂一回……"里子说到一半，突然想起周平还在，便叫了他一声，使眼色叫他先出去。直子淡淡地看了周平一眼，将浴巾递给他。里子和直子虽然刻意压低了声音，但周平接过浴巾出去时，两人的谈话还是三三两两飞进他的耳中。

"静江有人家了吗？"

"大概算是吧……"

"有男朋友了？"

"……对方是个有孩子的……"

静江正坐在小守的枕边，为他组装着塑料模型。公寓管理员金子美沙坐在外面的房间里，磨磨蹭蹭不肯走。

"您能不能代他把煤气费交了。还没正式过门我就追着您讨债也确实不太好……哎哟，您瞧我，净说些不该说的话，实在抱歉呢。”

这位管理员人不坏，就是有些粗枝大叶。

“您也赶紧取得父亲的谅解，早点搬过来一起生活吧。”

屋里的窗户没关，窗外飘来邻居家做晚饭的香气，小守突然大声说：“我肚子饿了！”

静江安慰他说给小守买了塑料模型，接着又叹了口气，跟管理员金子说：“他肯定饿得难受……”

“我说，现在可是关键时刻啊。”美沙探过身子，顺便有意无意地向屋子里四下扫了几眼，然后叮嘱静江，“亲生母亲和别人的区别就在这儿呢。小孩子想吃，你却管着不让吃，说起来确实有点严厉。但是当母亲的就应该根据孩子的身体状况，来决定让不让他吃。孩子哭也好，叫也好，为了他的身体着想管住他，才是做母亲的本分。你明白吗？”

这样聊下来，不知不觉将近一个小时过去了。静江暂停了谈话，出来把垃圾扔掉。雨天的公寓廊下，泛着一股湿臭气。其他的住户看到陌生的面孔，纷纷投来讶异的目光。静江突然发现，自己竟然正下意识地控制着脚步，努力不露出腿上的残疾。

回到屋里的时，静江惊讶地发现，门前多了一双陌生的鞋，是一双女人穿的草屐。

“是小守的妈妈来了吗……”静江刚泛起疑问便被小守撒娇的声音确认了。果然，静江想。屋里坐着一个三十来岁的女人，妆容整齐。

不能逃走。不对，是连逃走的理由都没有。

“想必你也听说过我，我是幸子。我家先生和孩子——啊，不对，已经不是我先生了。不过，就算离了婚，小守依然是我的亲生骨肉，说一句‘平时多蒙您照顾’也不算过分，对吧？我听说他吃坏了肚子，所以——”幸子说着话，从包里拿出一份布丁。

“啊！布丁！”小守飞奔过去，扑在幸子腿上。

“现在就吃吗？”幸子打开盒子。

“请等一下，医生说今天只能喝粥的。”静江赶紧阻止了她。

“这孩子平时可是不喝粥的。”

“但是，医生说，不能吃别的东西。”

“你没生过孩子，也没住过院，所以不知道。单靠医院的病号饭，可是养不住身体的哦。医生说的也只是大概的原则，做母亲的见机行事就好——稍等一下。小守你看，多么漂亮的小勺子！”

“小守。你肯定会听医生的话，坚持忍耐住的，对不对？”

“我要吃布丁！”

屋门突然开了。“夫人，找给您零钱！”管理员美沙探进脸来，看到两个女人严阵以待的架势，惊讶地瞪圆了眼。静江起身走了出去，如果只有自己一个人在，静江还能忍得住，但是现在，她无法忍受如此狼狈的场景被外人看到。

静江拖着左腿走到公寓门口的时候，正遇上下班回来的上条。

“你这是怎么了？”上条把静江半抱在怀里摇晃着，想问个明白。但静江此时心中满是委屈，根本不知从何说起。

“到底发生了什么事情？”

“我……我……上条先生，再见了！”

静江突然推开上条，头也不回地跛着腿走了。

晚饭时家里只要有一个人没到齐，贯太郎便会大发雷霆。这一天晚上，静江没有回来，贯太郎更是怒不可遏：“喂，静江该不是跑到那家伙家里去了吧？！”

“他爸，今天家里有客人，你发火也注意下场合。”

“直子也不是外人，都是亲戚，没事……”贯太郎嘟囔了几句，顾忌有直子在场，就没有再说什么，让里子暗中松了口气。接着大家一直聊着直子工作的事情，直到晚饭快结束的时候，门外传来静江欢快的声音：“我回来了！”

“今天回来晚了，啊，直子阿姨来了！”

“喂！你，今天一天跑哪儿去了？”面对贯太郎的呵斥，今天的静江若无其事，仿佛与自己毫无关系似的，轻松地说：“去上条先生的公寓，照顾生病的小守来着。”

“开玩笑也适可而止！我是绝对不会同意你跟那家伙交往的！”

静江冲快气炸了的父亲笑笑："爸爸，真抱歉让您担心了。我已经决定了，从今往后，不再跟上条先生交往了。"静江毫不在意众人惊讶的目光，用轻松的语调继续说，"我突然发觉自己傻透了。自己的孩子养育起来已经够难了，更何况是别人的孩子……今天照顾小守的时候，我终于彻底想明白了。与其勉强维持到将来哭着悔之不及，倒不如现在早早放弃，还能给大家少添点麻烦……"

"小静，你跟上条吵架了？"

"不是，这是我冷静思考后做出的决定。"

"哼，自己一个人在那儿滔滔不绝，都是胡话……"贯太郎似乎有些失望似的自言自语着。

"肚子饿了，我吃饭了哦！"静江开始大口大口地吃了起来，"咦，莴苣似乎没洗干净呢，好像有东西……"静江端着色拉盘站起来，美代子赶忙上前说："我来洗吧。"说着，便伸手想接过来。静江却推开她的手，径自往厨房去了。一直沉默旁观的周平见状，赶紧跟了过去。

水龙头哗哗地开着，静江背对着门口，洗着莴苣叶，后背不断抽动着。

"姐姐……"

静江没有回头，只是把色拉盘递给身后的周平，然后用冷水洗了洗脸。

寺内家的晚饭，往往一吃就是两个小时。

“吃饭的时候不要说话！”

一旦有事，贯太郎肯定操着大嗓门如此呵斥别人，但家里最能吃，也最能大呼小叫的恰恰是他自己。饭桌上的小摩擦也是家常便饭，时不时的还会发展到需要贯太郎动用武力解决，这样七七八八的事情下来，往往晚饭就吃成了马拉松。而且，吃完了饭还不算完，如果有谁放下筷子就起身要走，贯太郎必定会勃然变色，大声教训别人：“就算是死了老子，也得饭后休息完再去奔丧！”其实不是贯太郎规矩多，而是他实在喜欢跟一家人一起吃吃喝喝，吵吵闹闹。

“说起来，东京可有哪里是观光的好去处？”里子给大家分发着草莓冰淇淋，她留意着草莓的数量，先把有最大个儿草莓的那一份放到琴奶奶面前。

“也不是过来玩的，观光什么的就算了。明天就得赶紧开始找工作了……”直子一边说着，一边用勺子把冰淇淋上的草莓碾碎。

“不用着急，先休息上两三天再慢慢找也不迟。”贯太郎也在用勺子背碾着草莓，不过他笨手笨脚，一下用力过猛草莓直接飞了出去。

“如今二重桥[63]也看不到了。”

“还有上野的西乡隆盛的雕像，不用出门就能在咱家贯太郎

63 指日本皇居正门内的铁桥，平时皇居不开放的情况下无法看到。

身上看到。在家坐上半天，说不定还能免费看场摔跤表演呢。”

“确实……”里子和静江纷纷点头对琴奶奶的话表示赞同。这时，一直没说话的周平突然站起来说：“姐姐，咱们出去喝酒吧！”

“怎么了，小周平？”

“咱们去喝闷酒算了。反正今晚爸爸肯定要喝点小酒庆祝一下，庆祝姐姐终于和上条先生分手了。我才不在这儿看着他小人得志。”

“你说什么！”

“这种手段太卑鄙了。从半年前上条先生来家里求婚开始，爸爸就每天把嫌弃人家挂在嘴边，现在终于成功了，真行，干得漂亮！”

“周平你不要再说了！”里子和静江想阻止周平，却被周平完全无视。

“不过呢，我也跟你说明白。姐姐不是因为讨厌上条先生才跟他分手的，而是因为喜欢他、爱着他，不忍心看着自己的父亲和爱人相互仇视，实在无法忍受了才不得已分手的！”

“大言不惭！”怒喝声中，周平已被贯太郎一拳打倒，撞在旁边的直子身上。

直子拼命拉着想爬起来和父亲动手的周平，焦急地喊道：“周平，快停手。里子，快拉住他们啊，琴奶奶你快说话！”

“没事的，直子。这就是我刚才跟你说的摔跤比赛。”琴奶奶一点都不着急，仍然专心地吃着草莓。

周平被直子和静江按住，但仍挣扎着不肯罢休，仍在叫嚷着：“就算姐姐不再和上条交往，我仍然会继续跟他来往，也会跟小鬼继续来往！”

周平和上条其实并无深交，只是在上条过来送石材时偶尔聊几句，聊聊拳击，互相递根烟——仅限于此而已。但是周平对上条印象很好，可能因为上条是姐姐的意中人，周平也跟着爱屋及乌了。

“这混蛋只会说些让人生气的话！”

“你们都住手！”静江拦在父亲和弟弟中间，“周平，事情不是你想的那样。”

“姐姐……”

“我啊，并不是意气用事，而是经过深思熟虑才做出决定的。虽然也有小守的原因在里面，但最主要还是因为他的前妻——那个人还在真心爱着他！”

“说什么胡话！他们早就离婚了，不是吗？”

“是离婚了，但是不管法律怎么说，法官怎么判，事实都确实如此……”静江停住，思考着下面的话该怎么说。

“即便如此，也无法斩断人心里的眷恋，对吧？”直子突然接口说道，声音里满是恳切之情，“就连我这样因为自己的过错而导致离婚的女人，如果前夫找到了新欢，我也会忍不住去嫉恨她。”直子直视着静江的眼睛继续说着，“我们俩，曾经是夫妻啊。比起你这个新人来，感情要深厚得多。我会忍不住这样想……”

“寺内小爷。你的演说结束没？”被琴奶奶这么一问，周平赶紧小声回答说：“奶奶，我什么都没说啊。”

静江看看周平。周平看看姐姐，又看看直子，然后把目光转到一边。

“喂！你过来一下！”贯太郎突然冲里子嚷嚷起来。

“啊！什么事啊，他爸……”里子有些莫名其妙。

“叫你过来你就过来！”贯太郎硬拉着里子走出门去。

办公室里，贯太郎正指指点点地冲里子发火。

“喂！你怎么一句话都不说！你当母亲的，就这样在一边看着！”眼见里子仍一脸茫然，贯太郎气得直跺脚，“是静江的事啊，你就什么都不管吗？”

“要说我的想法，这半年来，跟上条也算是熟悉了，对他们父子俩自然也会有感情。但是静江说的也有道理啊，把别人的孩子养大，那是一辈子的事。对静江来说这太辛苦，我们看在眼里，心里也不会好受。”

“那你是说，就这样算了？”

“他爸，就连你也没办法把没有血缘关系的外孙视如己出，对不对？这么说虽然有些势利，可就算跟上条分手了也没什么，静江还年轻呢。”

“混账话！”贯太郎越听越来气，忍不住一把将里子推到了墙角里，“喂！你之前可不是这么说的！那时你可是一直帮着她对抗我来着！现在这是怎么着，稍微有点事就飞快地站到另一边！静江也好，你也好，你们女人就是没有主心骨，说变就变！”

“这么说，他爸你是准备同意上条和静江的事情了？”

“谁说同意了！那家伙虽然惹人讨厌，至少能坚持己见，还算有几分可取之处。相比之下，你们这些女人简直一无是处！”贯太郎说得来了气，又推了里子一把。这时，美代子从门外战战兢兢地探进头来说：“那个……有客人来了……”

“谁来了？说名字！”

“是上条先生……”

贯太郎听了，沉思了一下，突然脸色大变，像是想到了些什么。

上条正坐在客厅里。

贯太郎气鼓鼓地抱着手一言不发。静江也只是盯着别处，什么也不说。只有里子仿佛想缓和空气中的紧张气氛，频频劝上条喝茶。

“这天气，到晚上变得更闷了呢。”里子寒暄着想打破沉默。

“别说废话！”

“他爸，寒暄一下天气有什么……”

“你给我闭嘴！”贯太郎再次呵斥里子。

这时，上条突然开口了：“寺内先生，我再次请求您，允许我和静江结婚。”

贯太郎刚要开口，静江突然抢先说道：“请等一等！”她不让贯太郎说话，“爸爸，请让我来说。”

“父母在场，哪有你说话的分儿！”

“但是爸爸……”

“没你老子生你养你，你这会儿在哪儿都不知道呢！别在那儿自以为是！”

“他爸，你这是说什么呢！”就连对贯太郎的脾气已经习以为常的里子都被他这番话惊呆了。

“上条先生，我拒绝！”静江直视着上条的眼睛说道，“上条先生，承蒙您特地过来，但我还是要拒绝。我没有信心，觉得我们就算结婚了，也没有把握能够好好生活下去。”

“今天是我冒昧了。实在抱歉！”上条向静江低头致歉，接着转向贯太郎，两手撑地，低头拜托，“寺内先生，请您答应我，拜托了！”

“又不是我父亲要嫁给你，我都跟你说了我不愿意！”

“静江小姐！”上条突然大叫一声，声音仿佛是从牙缝里挤出来的，充满愤怒。

静江突然呵呵地笑了：“上条先生也是个笨蛋呢。就算是二婚，世界上这么多女孩子，偏偏挑一个瘸子，还不如随便找一个呢！”

“混账！”贯太郎突然一巴掌狠狠地打过去。上条也跳起来冲了过去，贯太郎打静江的巴掌还没收回来，上条已经一记漂亮的上勾拳打在贯太郎的下巴上。

“实在抱歉！”上条向仍未回过神来的贯太郎磕头低声道了歉，便起身走了。被突如其来的变故惊得目瞪口呆的静江终于回过神来，拖着残疾的左腿追了出去：“上条先生！”

周平、美代子，还有琴奶奶闻声从厨房赶来时，屋里只剩下了里子和捂着下巴的贯太郎。

上条倚在车间旁的石狮子上，拿出一支烟衔在嘴里，手伸进兜里摸索着打火机。静江追出来，冲进上条的怀里，烟也被她撞掉了。

躲在暗处正收拾东西准备回家的岩老，有意无意地向这边瞅了一眼，迅速装作什么都没看到的样子。他取过凿子，在地上写了“接吻”两个大字，虽然写得认真，但字实在难看得要命。

仿佛是受了岩老的鼓舞，只见上条的脚边，静江那沾着些许泥土的美丽双脚，渐渐踮了起来。

贯太郎正吃着包子。大个的包子被贯太郎一个接一个塞进嘴里，直撑得两颊鼓鼓囊囊。里子缝着抹布，琴奶奶则在打盹儿。

“我说他爸……”

贯太郎不理她，又伸手去拿第四个包子。生气或者兴奋的时候，贯太郎往往特别能吃。

“上条先生，为什么会对你动手啊？”

“我哪里知道！”

“上条是真的喜欢静江呢。而且……也是真的喜欢他爸你呢。”

“少说便宜话！”

“这可不是什么便宜话。”里子对着灯光给针穿线，“我似乎看到他都哭了呢……”

贯太郎看着手里的包子，第四个实在有些吃不下了。

“即便如此还是想不明白呢！”

琴奶奶突然抬起脸，说道：“想不明白就不想。什么都明白的话，就算活一百岁也是没什么意思！”说完，就又睡着了。

贯太郎把吃了一半的包子默然递给里子。里子接过包子吃着，看着丈夫肿胀的脸颊，忍不住“噗”地笑出声来。

周平在床上翻来覆去难以入睡，便起身眺望窗外。雨似乎停了，但夜里的空气仍然湿乎乎的，有些闷热。今天的两位客人，直子和上条……父亲挨打的样子，直子的笑脸，浮现在他的眼前。直子是最后一个去洗澡的，周平偷偷跑出去为她买的七星牌香烟正放在衣物篮的边上。不知道她有没有抽过，周平想着。

没回成家的岩老正一个人加着班。恋人们已经不见了，地上只剩下岩老用自己拙劣的笔迹写下的“接吻”两个字。

初恋

“你看你，不好好夹住，读数都不准了！”里子坐在枕边抱怨着，手里用力甩着体温计。从下方看上去，母亲的表情意外的孩子气十足呢，周平想。

“已经不发烧了。”

“早上本来就忙得不可开交，你就别再给我添乱了！”里子把体温计递给周平让他夹上，四下看了一眼抱怨道：“哎呀，真是乱死了！”说完便开始收拾起来。

周平患了热感冒，烧虽然退了，但仍然感觉全身关节酸痛，也没有胃口。不过，今天总算不用去补习学校了，功课也可以光明正大地偷偷懒。这样一想，周平觉得枕着已经变成温吞吞的水枕头，懒洋洋地对着天花板也没那么无聊了。

窗外传来了年轻女人的笑声，周平装作漠不关心地问道：“那个人……怎么样了……”

“什么‘那个人’，直子吗？”佐竹的直子是贯太郎的远亲，本来是住在足利的，因为和丈夫关系不睦，出来找工作，五天前来到寺内家住下。“正和你奶奶晒梅干呢。”

等到母亲出去，周平打开窗户，探身往院子中望去。白和服、红腰带的直子正在院子里晒着梅干。随着她的动作，时不时可以透过和服后领看到大片白色的肌肤，周平“砰”地关上了窗户。

在梅雨结束后晒梅干是寺内家的传统。琴奶奶包着白色的头巾，动作干净利落，从搪瓷盆里将粒大饱满的梅干用干净的长筷子夹出来，整齐地放到一边的竹簸里。直子则忙着将紫苏叶拧干汁水，同样摆放到竹簸里，指尖被染成了紫红色。

“今年的梅子真好呢。又青又硬，既饱满又光滑。”琴奶奶高兴地讲解着。

直子看到周平一身睡衣，夹着体温计走了出来，便问道：“周平，怎么起来了，身体没事了？”

周平故意装作没听到直子的话，走到一边拨弄晾好的梅干。琴奶奶一把打开周平的手，教训道：“用手摸了，梅干会长霉的！”

走廊的地板咯吱作响，贯太郎走了过来。

“哎哟好酸！哎哟酸死了！光看看嘴里就开始冒酸水了，哎哟酸……”

“贯太郎也真是多事，怕酸还巴巴地跑过来看。”

贯太郎一边发着抖喊着酸，一边忍不住伸手去摸梅干，结果被里子和琴奶奶一起狠狠训斥了。

“真是有其父必有其子，连做的事情都一模一样。”女人们异口同声地调笑道。

贯太郎向来喜欢在女人们干活的时候过来凑热闹。冬天的年糕片、腌白菜，春天的草饼[64]和酒寿司[65]，春分的牡丹饼[66]，初夏的辣韭[67]和梅干，秋天的腌萝卜，还有过年时的各种活计，每当这个时候，贯太郎都会有事没事地从办公室跑过来，手里抓点寿司配料之类的，一边吃着一边欣赏。却往往被嫌弃碍事，“男人一边待着去！”——这就是贯太郎的“四季”常态。

今天也不例外，被琴奶奶和里子赶到车间后，贯太郎突然又返回来，问直子：“你今天不是应该去面试尚美堂的出纳吗？”

“好像是因为对那儿的经理印象不好。”里子小声向贯太郎解释。

琴奶奶却毫无顾忌地大声说：“肯定是因为直子长得漂亮，那家伙不怀好意！”

周平夹着体温计，在客厅里躺着，闭着眼睛听着他们的对话。

“可是一大把年纪了，也没有什么一技之长……”

“没关系，慢慢找吧。在这边又不是无依无靠，不用着急的。”贯太郎说完转身要走，忽然又想起什么来，他这个人就是脑子没条理，做事不是丢了这儿就是忘了那儿。“你今年多少岁来着？”贯太郎问。

64 指混入蓬草的糯米团，每年三月三日的女儿节的节气食品。类似于我国的青团。

65 指将各种山珍海味放入桶中，用酒调味，然后发酵的高级寿司。

66 指糯米混合粳米蒸熟捣烂后，包上馅制成的糯米团，是春分时节的特色食品。

67 是一种百合科植物的根茎，状若洋葱。用白醋、冰糖等腌制半年后食用。

“二十七了。”

“二十七岁啊。我也帮你留心一下吧。”

“那拜托了。”

待贯太郎好容易问完了话出去，里子赶忙端着铺好紫苏叶子的竹簸到井边晾好。琴奶奶似乎早就等着机会似的凑到里子身边。

“真不知道她是怎么想的。虽说她也在找着工作，但说到底还是在家里干坐着。工作这东西啊，她自己不上心，不到处奔走着去找，怎么能行呢？”

“妈妈，你说她是不是在等那边来电话什么的。”

“里子你也这么想？”

“那边不是正家里人聚在一起商量吗，这当口正是决定离不离婚的关键时候。可能是正等着她丈夫打电话过来吧？”

琴奶奶拿起话筒，电话“嘟”地响了一下。正要去走廊的直子听到后赶忙返身探头往客厅看去。琴奶奶若无其事地放下话筒，做出一副什么都不知道的样子。躺在一边的周平一把拨开亲奶奶的手：“奶奶，你够了！”

“哎呀，好疼！你这混小子，打疼奶奶了！”琴奶奶回手轻轻打了周平一下，转头向里子使了个眼色——果然猜对了。

“不过说起来，她也真打得一手好算盘。自己鬼迷心窍，现在还想着破镜重圆。”

“人嘛，谁也免不了有一时糊涂的时候。”

“她跟你我从举止动作上就不一样。据我所知啊，那些卖笑的女人，拿筷子的时候，手都是这么着的。”琴奶奶翘着小指拿起筷子，向里子演示着。

“我拿筷子的时候手指也是这样的啊！”周平也拿起筷子故意立起小指向他们抗议。

“大人说话有你什么事！”琴奶奶和里子挪开身子，离周平远远的又继续交头接耳地说了起来。周平见状，悄无声息地弓起腿，撑起身子，悄悄挪近了些继续偷听。

“又不是像以前困难的时候连大米都要配给，就随她住着吧，现在也不差这点。”

“但是，你又不是不知道，那两人以前可是缘分不浅，就这么同一个屋檐下住下去……”琴奶奶眨巴着眼睛，里子也点头赞同。“不过，他爸那脾气，对亲戚的事向来是尽心尽力。”

“他这次这么不好说话也有些奇怪呢，难道说他已经被直子迷住了？”

里子刚想接口说什么，突然发觉周平正在背后竖着耳朵偷听。

“你干吗呢？”话音未落，周平屁股上便狠狠挨了一巴掌。

午后，琴奶奶、里子和美代子都出门去了，说是去参加琴奶奶的琵琶演出。琴奶奶嫌观众少，噘着嘴老大不高兴。见美代子也不情不愿，琴奶奶甚至宁愿发给她加班费也要带着她去，还把演奏曲目定为《樱花》。本来反正直子也闲着没事，是要把她也叫上的，但周平生病休学在家，如果直子也出了门，家里便只剩下周平和美代子了。

“两个人正是危险的年纪，单独留在家里怎么行？”贯太郎冲里子吼道。

“大白天的，能有什么事？”

“真有什么事就晚了！”

“那，那就拜托直子留在家好了。直子在家，周平也能轻松些。”

“那你把来做客的亲戚扔家里，也不像话啊。”

“即使是亲戚也是孤男寡女哦！”琴奶奶插嘴说。

“你有这说胡话的工夫还不如抓紧时间去喝个生鸡蛋！”

吵吵闹闹中，三人出门去了。本来按照天气预报的说法，梅雨季还有三天才能过去，但现在这天气的样子，似乎梅雨已经提前结束了。午后天气一片晴朗，客厅和厨房里弥漫着青梅的味道。直子一会儿把放梅子的竹簸移到太阳底下晾晒，一会儿又开始洗衣服，来来去去忙个不停。周平一想到要和直子单独相处，心中便有些气闷。

车间处隐隐传来凿石头的声音，单调又沉闷。时不时有拨算盘的噼啪声夹杂其中，那是静江在整理账单。

直子洗完衣服，来到二楼，把洗好的衣服挂到晾衣杆上。

周平有意无意地走上前来，站在她身后，拿起晾衣服用的夹子把玩着。

“有喜欢的人吗？”直子冲他笑笑。

“那个啊……还没有呢。”

“到底还是孩子呢。”

“我才不是！”

“也是呢，又抽烟，又喝酒……哎，你应该不会喝酒吧。”

“会喝，一口一杯不在话下。”

“真的？”

“你要不信，我请你喝酒看看。”

直子听完忍不住笑了起来，周平有些恼怒。

“就今晚吧，请你喝酒！就在前门大街上的‘雾雨’，不见不散！”

“哎哟，一生气孩子脸就露馅喽！”

直子一件接一件地把衣服展开，晾好，突然“噗”地笑出声来。

“哎哟，好可爱的内裤，是周平你的吧。”

周平一下跳起来，慌忙一把抢过自己的大花内裤。

“哎呀！好痛……”周平动作太大，似乎扯到了直子的手指。

直子眼波流盼，责怪地斜睨着周平：“你真够莽撞的，哎呀，好疼！”说完，把被紫苏染红的指尖放入口中吮吸着。周平张张嘴，正要说些什么，楼下客厅的电话却突然响了。直子和周平不约而同地抢下楼去，一路跌跌撞撞。

接了电话，才发现只是打错了。直子有些失望地放下电话，周平拿来急救箱，“砰”的一声放在她面前。直子刚要伸手去拿，电话却又一次响了起来。两人不约而同地伸手去拿话筒，周平飞快地接起电话，直子晚了一步，话筒正握在周平的手上。两人仿佛触电般地飞快地缩回手，电话却再也没了声音。客厅里只剩下两人急促的呼吸声和浓郁的青梅香气。

“这样干等着真是要让人等出心脏病来呢，”直子仿佛自言自语似的说道，“算了，不等了。还是出去走走吧……”

初夏的午后，谷中墓地郁郁葱葱的林木间，隐约能看到一柄白色的阳伞正来来回回地漫步其中，那正是直子。梅雨的气息还未散去，知了便已急不可耐地爬上树干鸣叫着。直子一袭白衣，撑着白色的阳伞，在墓碑间慢慢地走着。周平不远不近地跟在后面，目光一直追随着她。直子时而停下坐在墓碑旁歇脚，时而又起身，随手摘下几片嫩绿的树叶边走边在手里揉着。周平若隐若现地一直跟着她。

突然，直子停下脚步，把阳伞就那样撑开放在地上，卷起裙子的下摆蹲了下去。周平愣了下，很快回过神来，赶紧转过身去。身后隐约传来细小的流水声。慌乱，羞耻，难过一瞬间涌上心头，不觉间周平已经眼泪盈眶。

这时，一对情侣突然从旁边的路上闯了进来。周平发觉，飞快地抢上前去拦住他们。两人下了一跳，惊讶地停下了脚步。

“不好意思，请问这附近有寺内家的墓地吗？”

两人相互看了一眼，表示不大清楚，便又要走。但他们继续往前走的话，直子便尴尬了，周平无奈，只好横身拦住他们：“不好意思，前面正在施工，地面湿滑，还是请走那边吧。”

情侣见周平气势汹汹地拦在身前，只好带着讶异的表情走开了。周平站在原地长舒一口气时，突然察觉身后有人，转身一看，直子正撑着阳伞俏生生地站在身后，眼中满是笑意。周平低下头去，踢着脚边的小石子。直子先行离去，周平仍像开始时那样不远不近地跟在她身后。直子的阳伞停下来等着他，周平却两手插在牛仔裤兜里，仿佛任性似的，故意放慢脚步。

院子里晾晒的梅干遮住了阳光。客厅的电话响了，周平回来，赶紧冲进来拿起话筒。

一个男人的声音，自我介绍是足利的佐竹。

“佐竹先生……”

直子接过电话：“喂，是我……”

周平走到厨房，微微打开水龙头，让细细的水流冲在自己手上，心思却全在背后直子的说话声上。

“哦，这样啊……我明白了。嗯，也是预料之中的事，谈不上恨，毕竟是我自作自受。”与平静的话语相反，直子手里却用力地将手边花瓶里的花扯得粉碎。“离婚的文件送到这边就可以，我会很快印上章送回去。”

周平将水流关得更小，留神听着。

“我没事。寺内这边的亲戚对我很好。在东京找到工作再搬出去，事情尘埃落定，也算了却我一桩心事。”说完，直子又声音嘶哑地笑了笑，补了一句，“谢谢你一直以来的照顾，保重！”

周平接了一杯水，一口气灌了下去。

“请给我也来一杯。”直子来到他身后。

周平将杯子涮了涮，重新接了杯水递了过去。直子伸手去接，却突然停住。“与其喝水，不如干脆喝酒吧。”

“是想痛痛快快喝一场，忘掉过去的烦恼，然后轻装上阵吗？”周平找来一瓶酒，给直子满满倒了一杯。直子另拿了一个杯子塞给周平，满满地倒上酒。然后，直子染成淡红的指尖紧握着酒杯，和周平重重地碰了一下。

办公室里，贯太郎正在和来送石材的上条正面交锋着。

“你和你前妻是怎么回事？”

“已经离婚不来往了。”

“有吃回头草的打算？”

“没有。”

“真没有？”

“没有。”

“那孩子怎么办？”

岩老拿着图纸从外面走过来，见状停下了脚步，没有走进屋里来。

“我听说你们是因为婆媳关系破裂才离婚的，现在你母亲也去世了，为孩子考虑还是复婚的好吧？”

“寺内先生……”上条张口欲言。

贯太郎却不给他说话的机会，继续说道：“那孩子虽说对静江很亲近，整天黏着她。但再怎么亲近也总亲不过亲生母亲。你喜欢静江，想和她一起生活，但你想过没有，这就等于是亲手让孩子和母亲骨肉分离。作为父亲，你于心何忍！”

上条盯着贯太郎的眼睛，好一会儿后才点点头：“那我先告辞了。”

“等等！”贯太郎一把抓住上条的胸口，他忍不住想起静江带孩子回来那天，孩子看到门口经过的和服女人，追着叫妈妈的情景，“我女儿长这么大，第一次恋爱，我也想着睁一只眼闭一只眼同意算了，但是一想到，这意味着要让人家母子骨肉分离，我就……怎么也……”贯太郎的喉咙仿佛梗住了，但他还是继续说道，“从静江出生开始，我就在想象着她长大后出嫁的情景。特别是因为我的大意让她腿上落下了终身的残疾之后，这件事更是成了我一直认真考虑的大事。我下定决心，无论如何都要让她嫁到一个幸福的去处，婚礼要选在一个风和日丽的上午，让她穿着洁白的婚纱幸福地出嫁——这是我一直的愿望！”

说话间，贯太郎已经热泪盈眶：“我下定决心，在她出嫁那天，不管多么不舍，我都得忍着，不能当着客人的面哭出来，哪有大好日子抹眼泪的!喂，你怎么不说话？！”

不过贯太郎也知道这个时候上条什么也说不出来，他也能体会到上条满腹的心酸。但是贯太郎自己满腹的愤懑也是不吐不快。

周平在床上辗转反侧。墓地里遇到的事情，仿佛是一场白日春梦般亦真亦幻，一遍又一遍地不断浮现在他脑子里，挥之不去。早上从窗户看到的直子领口里露出的白色肌肤，说完“干杯”，直子仰头一饮而尽时那颀长的脖颈，也在不经意间时不时浮现在眼前。再加上晾晒青梅的竹簸也已经收进屋里，连带着二楼他的卧室也弥漫着醉人的青梅香气，更平添了他的愁绪。

“小周平！”是静江的声音，她正切着西瓜，动作笨手笨脚，令人担心她随时会切到手指。

“直子阿姨怎么了？”静江问。

“不是正在睡午觉吗？”

“据说从事服务业的人，也喜欢白天睡大觉呢。”

“你省省吧，整天服务业不离口，说不定哪天咱家生意破产了，姐姐你就得去做那一行还钱了！”

“哪有招服务员愿意找腿上有残疾的？”静江笑笑，轻松回了一句，把周平驳得哑口无言。

“我去给直子阿姨送过去吧。”周平无奈，端起盛西瓜的盘子，慢慢往门外走去。

走到客房门前，周平停住了，想着万一撞到直子正换衣服该多尴尬，便轻轻咳嗽了一声。谁知盘子没拿稳，咳嗽的时候手上一抖，西瓜全掉在了地上。周平慌忙俯身将西瓜捡起来，放在盘子里，然后来不及站起来便随手拉开了门。

屋里的情形让周平吓了一跳：眼前一个垫脚台，台上一双洁白的赤足，正要踢倒垫脚，素白的和服在空中飘舞着，仿佛马上就要随风而去。周平顾不得西瓜，下意识地冲上去抱住直子。回过神来时，两人已经双双摔倒在地板上。

“混账，简直混账透顶！”周平狠狠地打着直子。

“疼……好痛……”直子喘息着，下意识地小声呻吟。

周平已经泣不成声：“觉得痛说明你还活着！太好了……我爸，我妈，家里每一个人都在为你担心。你想想他们，怎么能一死了之！”

“女人……女人单靠亲人的关心如何活得下去？”直子低声

啜泣着，“亲人的关心，还不如随便一个男人跟我说，一起生活吧，更能支撑我走下去……哪怕两个人并没有共同语言，每天只是普通的嘘寒问暖，也够支撑一个女人活下去了。”

周平心中一热，脱口而出：“我……我愿意陪着你，一直在你身边！”说完便紧紧抱住了直子。他沉浸在自己冲动的话语中，心中满是感动，忘情地往直子额上、脸上、唇上吻去。直子流着泪，仿佛痴了，任由他亲吻着。

“我们回来了！”门外传来几个熟悉的声音，琴奶奶一行人参加完演出回来了。

“啊，你们回来了！”周平仿佛做错事被抓到的小孩子一般，赶忙放开直子，慌张地解释着，“没干什么，什么都没有。”

“周平……”

“直子阿姨，想自杀，总之，已经没事了，什么事都没有，实在太好了，太好了。”说完，便大叫着“欢迎回家！”飞奔了出去。

一家人吃晚饭的时候，有人打电话过来找贯太郎，似乎是直子工作的事。

“什么！月薪九万五……那可是要多多感谢你呢！”贯太郎似乎很感兴趣，换了只手，把话筒贴得更近些，“那是什么工作呢？嗯？保镖？”贯太郎勃然大怒，“喂，是女的啊！一开始就跟你说是给女的找工作！你听人讲话能不能带着点耳朵！”

贯太郎发完脾气，挂掉电话，抱怨着“现在这些家伙，也不知道耳朵怎么长的！”重新回到饭桌旁坐下，重新拿起饭碗正要继续吃饭的时候，周平突然插了句：“估计我也干不了呢。”

里子和贯太郎都有些莫名其妙。“觉得自己这样的大懒虫干不了保镖是不是？”里子笑着取笑他。

但周平却一脸认真：“我是认真的！”

“小子，那你大学怎么办？”

“我不上大学了！”周平仿佛有些兴奋过度，像只刚撒完欢的小狗一样“哼哧哼哧”喘着气，宣布道，“我，有想结婚的人了！”

“你又发烧了吧？”

周平一把推开凑过来想摸额头的琴奶奶，仿佛丢了魂似的继续说道：“她（在我心中）的分量，比全世界都重！”

“怎么喘得这么厉害，你到底怎么了，周平？”

“所以说，一个人比全世界都重是怎么回事？”

“一个人能重到哪里去，贯太郎也只有二十五贯[68]重。”

“奶奶你别打岔！一个人的性命……”

“你小子胡说些什么呢！”

“所以我，要结婚，无论如何都要和那个人结婚……”

“谁啊？和谁结婚？！”贯太郎已经忍不住大喊大叫起来。

68　一贯为3.75公斤。

里子醒过神来，知道周平不是在开玩笑，便赶忙问道：“是谁啊，真由美吗？”

“不是她。”

“那是谁啊？”

“只要她答应，我就和她结婚。”

“到底是谁？哪里的？什么人？”

“这个人是不是我们都认识？”里子刚想这么问，便看到刚洗完澡一身浴衣打扮的直子走进来，只好先打住了。

直子脸上带着开朗的笑容，说了句“我来晚了”，刚要坐下，突然注意到客厅里僵持的气氛：“这……是怎么了？”

“啊，刚才有一点事……”里子含混着。琴奶奶却嘎吱嘎吱地嚼着腌萝卜，毫不在意地说：“这小子，刚才突然没头没脑地说要结婚。”

直子嘴巴动了动，仿佛低声应了句“哦”。周平则目不转睛地望着她。

“喂，你快说，到底是谁啊？”

“周平……”里子刚要说话，突然注意到琴奶奶在冲她使眼色——琴奶奶看着里子，冲直子的方向扬了扬下巴。

“小周！”静江压抑着声音惊叫了一句。正在吃饭的美代子也惊呆了。

“喂，问你呢！对方是哪里的，什么人？”

“他爸……”

里子僵硬的声音和众人的目光，让贯太郎突然恍然大悟。

“是亲戚吗？”

周平没有回答，只是直直地望着直子。

“混账东西！”贯太郎将周平狠狠打倒在地。直子脸色铁青，紧紧拦着贯太郎。

“你疯了吗？！”怒吼声中，贯太郎甩开冲上来拦阻的女人们，继续殴打着周平，“你们两个给我过来！”

周平流着鼻血，挡在直子身前：“跟她没关系！”

“你们是亲戚啊，你让我在别的亲戚面前……”贯太郎已经被气得话都说不利索。

里子也被气得面色大变：“直子，你告诉我，这到底是怎么回事？！”

周平不等直子答话便抢先叫道：“即便是亲戚，没有血缘关系，有什么不能结婚的？！”

“小周，你冷静下。”连一向文静的静江嗓门也不觉开始高了起来。

“年龄，你想想！想想你们的年龄！”贯太郎怒声训斥着。

“年龄不是问题。”

“再说她还是别人的老婆，登过记，结过婚的！”

“已经离婚了，今天来电话了！”

“是真的吗？直子？”

直子木然地点点头。里子摇晃着周平的肩膀，哀恳似的说道：“周平。你冷静一下，你跟妈妈说实话，你为什么……”

“混账！”这次随着贯太郎的怒吼声被打倒的却是里子。

“喂，你就一点都没察觉吗？同住在一个屋檐下，自己的儿子变成这样，你做母亲的，居然……”

“周平，你是从什么时候开始有这样的心思的？”

“今天，今天我——”

“都怪你！”里子还没听完便已怒不可遏，冲上去撕打着贯太郎，“今天一天就你在家，你居然什么都不知道！你就一点异样都没感觉到吗？！”

“你就是自己的错误扔一边，光会指责别人！”

“爸爸妈妈你们都别说了！”静江突然插了进来。琴奶奶也过来帮手，姑且先安抚着金刚怒目的贯太郎坐下：“你们夫妻俩过一会儿再吵也不迟啊。”

里子整整凌乱的衣领，平复了一下心情，说：“直子，你也说句话啊。”

“里子，我，我不知道该说什么……”

“别人家孩子被你骗得神魂颠倒，你却在这儿装无辜！”贯太郎说着，便又要冲上去动手。周平死命地拦住父亲，护着直子：“你说什么呢，嘴上放干净点！”

“喂！你就不觉得羞耻吗，抬起头来，看着我！”贯太郎正吼着，电灯突然灭了，屋里一片漆黑。

黑暗中，传来琴奶奶吃吃的笑声：“黑咕隆咚的，什么都看不见了呢！”

“难道是停电了？”

“是保险丝烧断了吧？”

寺内家的电路出了毛病，向来是周平负责修理。突如其来的停电让周平恢复了些许冷静，他正要习惯性地站起身来去检查电路，却被贯太郎训斥道：“别想跑！”

“可能是施工停电，也可能是附近的变压器出了故障吧？”

“喂，把手电筒拿来！”

里子在碗橱里摸索了半天，终于找到了手电筒，伸手递过去。贯太郎一把夺过，“啪”地打开开关，光束直照着周平。

“喂！你刚才说什么来着，接着把话说完！你脑子里究竟是怎么想的！寺内家的脸都被你丢尽了！”

贯太郎愤怒地质问着，周平仿佛成了对着麦克风的主持人，而贯太郎的手电筒仿佛成了舞台上的聚光灯，光束直直地照着周平。

“小周，你是不是昏了头了！”静江说，手电筒的光圈随之转移到了她身上。

“你一定是发烧了！”这次光圈又转移到了里子身上。

“大家都听我说！我，我今天一大早就在想，人的生命是什么，人为什么活下去，爱一个人又是什么……”周平说着，摇晃的手电筒光束照在他脸上，映照着周平明亮的眼神。贯太郎忍无可忍，掉转手电筒照在自己脸上，吼道：“少在这儿发这些莫名其妙的牢骚！”

从下方照射上来的光束映照着贯太郎的肥头大耳，仿佛是恐怖小说中的弗兰肯斯坦。美代子在一边被吓得浑身发抖，又忍不住觉得好笑。

“这些问题，人生的这些问题……”手电筒的光圈摇摇晃晃又转回到周平身上，“……会在某一天突然一下子压过来。这可能就是命中注定吧。”

“可是这跟你突然说结婚有什么关系啊？”里子的声音已经近乎悲鸣。

“你说了半天都说的是些什么!难道你们已经生米煮成熟饭……”

“老爸你想哪儿去了！”

“至少这一点我可以保证，绝对没有！”一直沉默不语的直子突然开口说道。贯太郎的手电筒也循声照到她身上，昏黄的灯光中，直子似乎比平时更加美艳动人。

“丈夫从足利打来电话，说要离婚，虽然这是意料之中的结果，但突然还是觉得活着好没意思。所以，我……”

“让各位久等了……”琴奶奶端着蜡烛走进来。直子的话语也仿佛被摇晃的烛火打断了劲头，说了一半便消失在了嘴边。噼噼啪啪燃烧的烛火，以及蜡烛的烟火气，在客厅蒙上了一层温暖的晕黄。里子从贯太郎手中拿过手电筒，关掉了灯光。

“呵呵呵，有什么好生气的。”琴奶奶举高手里的烛火，仿佛是想看得更清楚些，望着直子，一字一顿地说道，“大家都是一家人，干吗非得吵架不可，像说了件笑话事一样，笑笑过去不就行了。”

周平小声嗫嚅了句“我……”，正要继续说话，却被直子打断了。

“周平，真抱歉呢。”直子站起身来，微笑着说。

周平茫然不解。

“周平好像当真了呢。是不是真的以为我是要自杀？”

周平眨了眨眼睛。

“不管再怎么难过，我也不可能在别人家里上吊自杀啊。我只是想着，这样一蹬，就可以解脱了，什么都不用想了，只是这样想着摆个样子而已。可周平你却当真了……”

“你说谎！”

“我那时的反应也确实有些轻率了，因为一直心情烦闷来着，和周平聊聊天，觉得畅快了不少。有个这样的弟弟多好。我真是羡慕里子，有个这样可靠的儿子。甚至让我都下定决心，如果能找到一个好人再婚，一定要生个孩子……我一直抱着这样的想法，可能不经意间让你误会了。”

“……”

“其实周平心里也明白，只是那时候我沮丧到极点……所以周平才会脱口说出结婚的事……他也是想给我打气来着……

是不是这样？”

周平正想说些什么，电灯突然亮了。

“啊，来电了！”

灯光明亮，却少了烛火的温暖。周平面对着众人的目光，发出一声混乱的喊叫，转身跑了出去。

“周平……”身后传来直子的声音，但是周平没有回头。

琴奶奶吹灭了蜡烛，这一场黑暗中的简短闹剧总算结束了。贯太郎长长地叹了口气。直子两手交叠，拜下身去：“承蒙您照顾了。”

二楼天台一片黑暗，周平呆呆地伫立在这里。远处的焰火，将一角夜空染成彩色。但周平只是呆呆地望着天空，似乎什么都没有看到，也什么都没有听到。

直子坐在“雾雨”吧台的一角，旅行包放在脚边。隔壁的座位上，岩老正小口地抿着酒。老板娘凉子，这天晚上也一如既往的沉默。仓田坐在平时的位置上，面前放着一升酒，也是沉默不语。

“听说你跟周平说，那时你很高兴……”

“我也不知道是为什么，就那样脱口而出了。这种事并不是笑笑就能过去，所以我当时也乱了方寸……”

“有些事情还是笑笑就过去的好。”岩老给直子添上一杯酒，“想想将来的道路，这样做对周平是最好的。等四五十年以后他回忆过去的时候，哦，我那时爱上比我年长的女人来着，那样的不顾前后，一下子就陷进相思中不能自拔。还是太年轻啊，就像空中的焰火，绽放的瞬间美得让人炫目，可之后呢，什么痕迹也留不下。”

老板娘凉子为仓田又满上一杯酒。直子仍然盯着自己被紫苏染成淡红色的指尖若有所思，只是那熟悉的青梅的味道，似乎已经消失得无影无踪。

里子把梅干装进罐子，封好口，又贴上标签：“梅干。昭和四十九年夏。”

贯太郎抽着烟，喷出的烟圈仿佛一个个七扭八歪的甜甜圈飞舞在空中。

“那混蛋，都干了些什么事情啊，真是……”贯太郎还在愤愤不平地抱怨着。

“他爸，你应该也有过吧？”

“有什么？”

“年轻的时候，喜欢上比自己年长的女性啊……”

“没有！”

“真没有？其实还是有的，是不是？”

“其实说起来，小学的时候似乎……”

“喜欢自己的女老师，对不对？”

“嗯。”

“人很漂亮吧？”

“一开始简直惊为天人。后来南下的时候，有一次听到她上厕所的声音，之后就……一下子热情全无了。”

“……现在想起来肯定很怀念吧？”

贯太郎没有回答。

“有什么不好意思的，大家都一样。”

“你的字真难看。还是我来写吧。”

贯太郎拿过笔，挥毫写下“昭和四十九年夏。梅干”几个洋洋洒洒的大字。

这时的周平，已经换上一身运动服，在夜晚的谷中墓地跑着步。周平拼命地跑着，似乎是想把什么永远甩在身后，而他的热感冒，似乎也已经彻底痊愈了。

京权图字：01-2016-5716

图书在版编目（CIP）数据

寺内贯太郎一家 /（日）向田邦子著 ；李佳星译. -- 北京 ：外语教学与研究出版社，2016.7
ISBN 978-7-5135-7856-1

Ⅰ. ①寺… Ⅱ. ①向… ②李… Ⅲ. ①长篇小说－日本－现代 Ⅳ. ①I313.45

中国版本图书馆CIP数据核字(2016)第178073号

出 版 人　蔡剑峰
项目策划　杨芳州
出版统筹　张　颖
责任编辑　孙嘉琪
执行编辑　姜霁凇
装帧设计　马晓羽
插画设计　马晓羽
出版发行　外语教学与研究出版社
社　　址　北京市西三环北路19号（100089）
网　　址　http://www.fltrp.com
印　　刷　三河市北燕印装有限公司
开　　本　787×1092　1/32
印　　张　8.5
版　　次　2016年8月第1版　2016年8月第1次印刷
书　　号　ISBN 978-7-5135-7856-1
定　　价　39.00 元

购书咨询：（010）88819926　电子邮箱：club@fltrp.com
外研书店：https://waiyants.tmall.com
凡印刷、装订质量问题，请联系我社印制部
联系电话：（010）61207896　电子邮箱：zhijian@fltrp.com
凡侵权、盗版书籍线索，请联系我社法律事务部
举报电话：（010）88817519　电子邮箱：banquan@fltrp.com
法律顾问：立方律师事务所　刘旭东律师
　　　　　中咨律师事务所　殷　斌律师
物料号：278560001